# Detective Buffalo
vulgo
# Wilhelm Büffel

Juergen von Rehberg

# Detective Buffalo
## vulgo
# Wilhelm Büffel

*Bibliografische Information der Deutschen National-bibliothek:*
*Die Deutsche Nationalbibliothek verzeichnet diese Publikation in der Deutschen Nationalbibliografie; detaillierte bibliografische Daten sind im Internet über http://dnb.dnb.de abrufbar.*

© *2016 Juergen von Rehberg*

*Herstellung und Verlag: BoD – Books on Demand, Norderstedt*

*ISBN:          978-3-7412-9735-9*

"Was haben wir?"

"Männliche Leiche, farbiger Herkunft, ca. 28 Jahre alt!" antwortete Hermine Bauer, ihres Zeichens Polizeikommissaranwärterin - kurz „KKAnw".

"Was heißt „farbiger Herkunft", verehrte Kollegin", sagte Kriminalhauptkommissar Wilhelm Büffel, "welche Farben haben wir denn? Rot, grün, blau, lila oder vielleicht schwarz-gelb gestreift?"

Hermine zuckte zusammen ob der rüden Art, wie sie ihr Chef gefragt hatte. Selbiger beugte sich kurz über die Leiche, und als er die diversen Einschusslöcher auf dem weißen T-Shirt des Opfers sah, fasste er kurz zusammen:

"Durchlöcherter schwarzer Neger ohne bemerkenswerte Lebenszeichen!"

Dann schaute er seine junge Kollegin an und sagte:

"Siehst du, Hermes, das ist eine klare und leicht verständliche Beschreibung der Leiche!"

Als Hermine vor geraumer Zeit zu ihm gekommen war, hatte er sie mit den Worten begrüßt: "Dich hat der Himmel geschickt!" Und ergänzend: "Was habe ich nur verbrochen, dass ich jetzt schon kleine Mädchen ausbilden soll?"

Und als er ihren Vornamen hörte, machte er sofort aus Hermine „Hermes" - von wegen „...Himmel geschickt".

"Jetzt mach einmal halblang, Buffalo!" sagte Franz Kleiber, der Gerichtsmediziner.

Wilhelm und Franz waren zwei Dinosaurier ihrer Zunft. Sie bewegten sich schnurstracks in Richtung Pension und arbeiteten schon mehrere Jahrzehnte zusammen.

"Das sagt man heutzutage nicht mehr so!" fuhr der Doktor fort, "das ist politisch inkorrekt!"

"Was meinst du damit, Franz?" fauchte Wilhelm „Buffalo" Büffel seinen Kollegen an.

Franz und er waren über diesen Status nie hinaus gekommen. Für eine Freundschaft hat es nie gereicht. Gelegentlich einmal ein Feierabendbier; das war es dann auch schon.

Kann sein, dass die verschiedene Herkunft der beiden es nicht zuließ. Franz stammte aus einer akademischen Familie, und Wilhelm kam aus dem Arbeitermilieu.

"Du weißt genau, was ich meine", antwortete Franz mit einem breiten Grinsen, "das mit dem „Neger!"

"Das ist doch Quatsch!" polterte KHK Büffel, "essen wir jetzt auch keine „Amerikaner" mehr und liegen keine „Engländer" und „Franzosen" mehr in unserer Werkzeugkiste?

Heißt das jetzt „Gebäck in Untertassenform mit Zuckerguss" und „Schraubenschlüssel bzw. Verstellschlüssel ausländischer Herkunft" oder wie?"

"Rede doch nicht so einen Mist, Buffalo. Du weißt genau, wie ich das meine!"

Die beiden Männer sahen sich einen Moment lang an, um dann in ein schallendes Gelächter auszubrechen.

"Lassen wir das!" sagte KHK Büffel und wandte sich Hermine zu.

"Also Hermes, was machen wir jetzt?"

Hermine war noch immer verwundert über die Anrede ihres Chefs durch den Gerichtsmediziner und hätte liebend gern gewusst, wieso dieser KHK Büffel „Buffalo" nannte.

Natürlich war ihr bewusst, dass das englische Wort „Buffalo" für Büffel steht; aber das erklärte noch nicht den Ursprung des Spitznamens.

"Was ist, Hermes?" fragte KHK Büffel ungeduldig, "hat es dir die Sprache verschlagen oder hast du keine Antwort gefunden?"

Es ärgerte Hermine, dass er sie einfach duzte, obwohl sie ihm das nie angeboten hatte, und dass er sie „Hermes" nannte, missfiel ihr mindestens genauso.

Sie hatte aber nie den Mut aufgebracht ihren Chef darauf anzusprechen. In der Dienststelle war er eine lebende Legende. Seine Aufklärungsquote lag weit über dem Durchschnitt, und seine Kollegen verehrten ihn.

KHK Büffel ging immer mit dem Kopf durch die Wand; sogar öfter unter Missachtung jeglicher Vorschriften. Und daher stammte auch sein Spitzname „Buffalo" - genauer gesagt „Detective Buffalo".

Das Umgehen von Vorschriften und die lässige Art, mit der KHK Büffel zu Werke ging, verärgerte Oberkriminalrat Becker über die Maßen. Aber in Betracht der immer näher rückenden Pensionierung sah er zähneknirschend darüber hinweg.

"Anwohner befragen, um eventuelle Zeugen zu finden!" antwortete jetzt Hermine und sah ihren Chef mit festem Blick dabei an.

"Na also; geht doch!" brummte Buffalo und bewegte sich in Richtung Dienstfahrzeug.

"Chef, Chef!" rief Hermine hinter ihm her, "wie komme ich ins Kommissariat zurück?"

"Mit dem Schiff, mit dem Flugzeug oder zu Fuß!" kam die flapsige Antwort des KHK's. "Was weiß ich."

"Ärgern Sie sich nicht!" sagte Dr. Kleiber zu Hermine, "Sie dürfen das nicht persönlich nehmen; er benimmt sich zu allen so!"

"Aber nicht zu Ihnen!" stieß Hermine heraus und erschrak dabei, dass sie sich wohl etwas im Ton vergriffen hatte.

"Entschuldigung, Herr Doktor!" sagte sie kleinlaut, "das wollte ich nicht!"

"Ist schon gut, Mädchen!" antwortete der Medizinmann. "Und den „Herrn Doktor" den lassen wir lieber. Ich heiße Franz!" Als er das sagte, streckte er Hermine die Hand entgegen.

"Aber das geht doch nicht!" sagte Hermine verunsichert.

"Und warum nicht?" fragte Franz lächelnd, "bin ich dir nicht sympathisch genug?"

"Doch, doch!" beeilte sich Hermine zu sagen, "sehr sogar!"

"Ja dann?"

Hermine ergriff die Hand des Mannes und sagte:

"Vielen Dank, Herr Doktor! Ich meine Franz! Ich heiße übrigens Hermine; Hermine Bauer!"

"Ich weiß; Hermine Bauer!"

Die KKAnw Hermine ging von Haus zu Haus, um eventuelle Zeugen zu finden; jedoch ohne Erfolg.

"Warum weinst du, Hermine?" fragte Franz.

"Ich weine doch gar nicht!" antwortete Hermine.

"Ja, man merkt jetzt schon, dass das Auto schon einige Jahre auf dem Buckel hat", sagte Franz nach einer kurzen Pause.

"Wieso?" fragte Hermine. Sie saß mit Franz in dessen Auto und war auf dem Weg ins Präsidium.

"Na, weil das Dach undicht ist und es herein regnet. Anders lässt sich dein nasses Gesicht ja nicht erklären. Oder?"

Hermine lachte befreit. Die einfühlsame Art des älteren Mannes tat ihr gut. Und so öffnete sie sich ihm und sagte:

"Ist der Buffalo immer so?"

"An und für sich schon", antwortete Franz, "aber er war nicht immer so!"

Und dann erzählte er seiner Mitfahrerin von einem Mann, der früher ein liebenswerter und freundlicher Kollege war.

Das änderte sich an dem Tag, als Margot Büffel an Krebs gestorben ist. Buffalo, der damals noch Wilhelm Büffel war, veränderte sich von Stund an.

Er wurde zum totalen Einzelgänger und auch Einzelkämpfer. Daran vermochten weder KOR Becker noch Frau Staatsanwältin Miranda Hirlinger etwas zu ändern.

"Was hat die Frau Staatsanwältin damit zu tun?" fragte Hermine.

Franz zögerte, bevor er antwortete. Dann sagte er:

"Was ich dir jetzt sage, muss unbedingt unter uns bleiben. Wenn Buffalo heraus bekommen würde, dass ich dir das gesagt habe, würde er mich umbringen!"

"Ich werde niemandem davon erzählen! Ehrenwort!"

Hermine hob zur Bekräftigung ihres Versprechens ihre Hand wie zu einem Schwur.

Franz lächelte. Er empfand vom ersten Augenblick Sympathie für diese junge Frau. Das war vor einigen Wochen, als sie ihm vorgestellt wurde.

"Buffalo und Miranda hatten damals ein Verhältnis miteinander!"

"Was?" entfuhr es Hermine heftig. Und dann:

"Das verstehe ich jetzt überhaupt nicht! Wenn er doch mit der Staatsanwältin ein Verhältnis hatte, dann war doch seine Ehe sowieso schon am Ende."

"Ganz so einfach verhält sich das nicht", sagte Franz. "Da war schließlich noch die gemeinsame Tochter Petra!"

"Und wie ging das dann weiter?" wollte Hermine wissen.

"Nun, Franz beendete ab sofort das Verhältnis mit Miranda und kümmerte sich aufopfernd um Petra."

"Das alles verstehe ich gut, und kann ich auch nachvollziehen", sagte Hermine, "aber das erklärt mir nicht, warum Buffalo so ein Ekel geworden ist!"

"Auf diese Frage gibt es keine Antwort!" sagte Franz, "zumindest keine, die ich kenne!"

"Ward ihr damals schon Freunde?" bohrte Hermine weiter.

"Nein!" antwortete Franz, "damals nicht und auch nicht heute. Auch wenn das so scheinen mag!"

Hermine hätte nur zu gern noch weiter gefragt, unterließ es aber. Der Rest der Fahrt verlief schweigend.

Als Miranda die Diensträume betrat, empfing sie KHK Büffel mit den Worten:

"Schön dass du auch schon kommst. Hast du wenigstens etwas in Erfahrung bringen können?"

"Nein, nichts Verwertbares!"

"Hätte ich mir denken können", sagte Buffalo halblaut; aber so, dass es die anderen Anwesenden hören konnten.

Die anderen, das waren Kriminalkommissar Herbert Dörr und Kriminalhauptmeister Alfred Brenner. Frau Martha "Eiche" Eichmüller war die Sekretärin und Vorzimmerdame.

"Also, was wissen wir, Herbi?"

Die Frage von Buffalo war an den Kollegen Dörr gerichtet. Er war der einzige, der schon länger mit ihm zusammen arbeitete und wohl auch der einzige, den Buffalo ein wenig an sich heran ließ.

"Der Tote heißt Abasi Okonjo. Mutter ist deutsche, der Vater kommt aus Ghana!"

"Haben wir eine Adresse?" fragte Buffalo.

"Ja, haben wir!" antwortete KK Herbert Dörr.

"Gut!" sagte Buffalo, "dann nimm Hermes mit und schau dich einmal dort um!"

"Wieso kann ich nicht Brenner..?"

Herbi vollendete den Satz nicht. Der zürnende Blick seines Chefs empfahl ihm unmissverständlich es besser zu unterlassen.

"Und du gehst zu Dr. Frankenstein und fragst, ob er schon mehr über unseren toten Bimbo sagen kann!"

Hermine zuckte unwillkürlich zusammen, als sie das hörte. Sie würde diesen Mann nie mögen. Noch nicht einmal unter Berücksichtigung seiner - der von Franz in Erfahrung gebrachten - Vorgeschichte.

"War das heute deine erste Leiche?" fragte Herbert, als er mit Hermine im Auto unterwegs war.

"Ja!" antwortete Hermine.

"Und war es schlimm?"

"Ein wenig schon!" antwortete Hermine und ergänzte:

"Es sah schrecklich aus! Das viele Blut!"

"Daran gewöhnst du dich mit der Zeit!" antwortete Herbert lapidar.

"Ich weiß nicht", sagte Hermine, "kann man das wirklich?"

"Das musst du sogar!" antwortete Herbert, "wenn nicht, dann kannst du gleich wieder zu den Uniformierten zurück gehen!"

Hermine schwieg. Sie war sich nicht sicher, was sie von ihrem Kollegen halten sollte. Überhaupt hatte sie bisher noch nicht wirklich Fuß fassen können. Das einzige weibliche Wesen war Frau Eichmüller, die Sekretärin. Sie war etwa im Alter von Buffalo und ihr gegenüber eher wortkarg.

"Da sind wir!" drängte sich Herbert in Hermines Gedanken. "Schauen wir einmal, was wir finden können!"

Abasi Okonjo bewohnte eine Zweizimmerwohnung in einem Mietshaus. Die beiden Kriminalbeamten sperrten mit dem Schlüssel, den sie bei dem Toten gefunden hatten, die Tür auf und begannen die Wohnung zu durchsuchen.

"Such du im Schlafzimmer und ich nehme mir die Küche vor!" sagte KK Dörr. Dann schickte er Hermine ins Bad und ging selbst ins Wohnzimmer.

Kurz darauf rief Hermine:

"Komm schnell her! Ich glaube, ich habe etwas gefunden!"

Als Herbert das Badezimmer betrat, hielt Hermine triumphierend ein mit durchsichtigem Plastik umhülltes Päckchen in der Hand.

"Ist das...?" fragte Hermine ihren erfahrenen Kollegen.

"Ja, das ist Koks!" sagte KK Dörr. "Das ist mindestens ein halbes Kilo!"

Hermine war beeindruckt. Sie begann Gefallen an ihrer Arbeit zu finden.

"Gratuliere!" sagte Herbert anerkennend. "Wo hast du das gefunden?"

"Im Spülkasten!" sagte Hermine stolz.

"Bravo!" sagte Herbert. "Ich glaube, aus dir wird noch eine richtige Kriminalistin!"

Hermine fühlte, wie ihr eine leichte Röte ins Gesicht stieg. Dabei hatte sie doch nur so gehandelt, wie man ihr das beigebracht hatte. Es war nicht mehr als das kleine Einmaleins der Kriminalistik. Aber es freute sie dennoch.

"Ich habe auch etwas gefunden!" sagte Herbert und streckte Hermine ein Foto entgegen, das eine elegante Frau zeigte, in einem verglasten, silbernen Rahmen.

"Vielleicht können die anderen ja etwas damit anfangen!"

"Zeig einmal her!" forderte Hermine ihren Kollegen auf.

"Habe ich doch richtig gesehen!"

"Was meinst du?" fragte Herbert.

"Weißt du nicht, wer das ist?"

"Nein!" antwortete Herbert, "Weißt du es denn?"

"Aber hallo!" sagte Hermine triumphierend, "die kennt doch jeder!"

"Ich bin aber nicht jeder!" entgegnete Herbert leicht trotzig, "also sag schon, wer soll das sein!"

"Das ist die Frau von Staatssekretär Weinmann aus dem Bundeskanzleramt!"

"Mach Witze!" sagte Herbert aufgeregt. "Wie kommt denn unser Toter zu diesem Bild?"

"Das ist die 1-Million-Frage!" antwortete Hermine, "und die Antwort ist reines Dynamit!"

Als sie wenig später ihre Funde KHK Buffalo präsentierten, strahlte dieser über das ganze Gesicht.

"Das nenne ich „gute Arbeit", Herbert!" sagte er und klopfte diesem anerkennend auf die Schulter.

"Das war Teamarbeit, Chef!" antwortete Herbert, und sein Blick zeigte Richtung weisend auf Hermine.

Buffalo nickte kurz zu Hermine und sagte dann:

"Ab ins Labor! Die sollen nach Fingerabdrücken suchen!"

Hermine wartete erst gar nicht, bis sie dazu aufgefordert wurde. Sie hatte sich schon daran gewöhnt, dass Botengänge ebenso zu ihrem Aufgabenbereich gehörten, wie die Kaffemaschine zu bedienen.

Als sie das Zimmer verließ, rief ihr Buffalo noch nach:

"Und frage bei Dr. Frankenstein nach, ob er schon etwas für uns hat!"

"Hallo, Hermine!" begrüßte sie Dr. Kleiber, "schön, dass du vorbei schaust!"

Der Gerichtsmediziner war Junggeselle aus tiefster Überzeugung. Er war viel zu sehr mit seiner Arbeit verheiratet, als dass er sich um eine Familie hätte kümmern können.

Seit er Hermine kennen gelernt hatte, bedauerte er fast ein wenig, dass er den Zeitpunkt verpasst hatte eine Familie zu gründen. Er hätte sich eine Tochter wie Hermine gut vorstellen können.

Aber als er daran dachte, dass es dazu einer passenden Frau bedurft hätte, verwarf er den Gedanken sofort wieder.

"Buffalo schickt mich! Ich soll fragen, ob du schon etwas hast!" sagte Hermine, die sich ebenso über das Wiedersehen freute wie Franz. Und das, obwohl nur wenige Zeit vergangen waren, seit sie gemeinsam im Auto fuhren.

"Ja, habe ich!" antwortete der Mediziner.

"Fünf Schüsse aus nächster Nähe, einer davon direkt ins Herz! Es handelt sich um eine kleinkalibrige Waffe. Die Projektile sind schon beim Ballistiker. Der wird euch dann Näheres sagen können!"

"Hast du Einstichstellen von einer Injektionsnadel gefunden?"

"Nein!" antwortete Franz, "aber warum fragst du?"

"Weil wir ein Paket Koks in seiner Wohnung gefunden haben!"

"Ich muss zwar noch ein Drogenscreening machen", sagte Franz, "aber gespritzt hat er ganz sicher nicht. Das kann ich ausschließen!"

"Alles klar!" sagte Hermine, "ich gehe dann mal wieder. Und vielen Dank!"

"Hab ich gern gemacht!" antwortete Franz. "Und schau einmal wieder vorbei, wenn du Lust hast!"

"Das mache ich ganz bestimmt! Also bis demnächst!"

Franz nickte, und er schaute Hermine nach, bis sie die Tür hinter sich zugezogen hatte.

"Meister Brenner wird uns jetzt einen ersten Überblick geben", sagte Buffalo, als Hermine wieder zurück gekehrt war.

Kriminalhauptmeister Brenner hatte erstes Bildmaterial an die Pinnwand geheftet und begann nun mit seinen Ausführungen:

"Der Tote heißt Abasi Okonjo, ist 26 Jahre alt und war Student an der hiesigen Universität!"

"Weiter!" forderte Buffalo den jungen Kollegen ungeduldig auf, "was wissen wir noch?"

Hermine reichte Alfred Brenner den vorläufigen Bericht des Gerichtsmediziners und dieser quittierte es mit einem dankbaren Blick.

"Der Tote weist fünf Schüsse in die Brust auf, alle abgefeuert aus nächster Nähe, und einer davon direkt ins Herz! Es handelt sich um eine kleinkalibrige Waffe. Die Projektile sind schon beim Ballistiker!"

"Habt ihr einen Laptop in der Wohnung gefunden?" richtete Buffalo die Frage an KK Dörr.

"Nein! Lediglich das Anschlusskabel!"

"Und was ist mit Handy oder sonstigem Zeug?"

"Alles nichts!" antwortete der Gefragte. "Aber eine Sache wäre noch interessant!"

Herbert machte eine bedeutsame Pause und sah sich in der Runde nach interessierten Blicken seitens seiner Kollegen um.

"Sind wir in einer Quizshow?" polterte Buffalo, "und wir müssen raten oder sagst du uns die Antwort so?"

"Natürlich, Chef!" beeilte sich Herbert die Antwort zu geben, "im Kleiderschrank des Opfers hingen lauter Designerklamotten!"

"Und das hast du sofort mit deinem Kennerblick erkannt!" spöttelte Buffalo.

"Nein!" antwortete Herbert kleinlaut, "das war Hermine!"

Buffalos Blick wanderte zu der Kriminalkommissaranwärterin Hermine Bauer und fixierte sie lange. Hermine wankte, hielt aber seinem stechenden Blick stand. Ihr war, als huschte ein kleines Lächeln über Buffalos Gesicht.

"Ja dann!" sagte Buffalo, "dann wird es wohl so sein!"

Und wieder zu KHM Brenner gewandt:

"Dann sagt an, verehrter Meister, was gibt es über die Frau auf dem Bild zu berichten?"

"Das ist Veronika Weinmann, die Ehefrau von Staatssekretär Horst Weinmann!"

Buffalo ließ einen lauten Pfiff erklingen.

"Jetzt kommt Pfeffer in die Soße!" sagte Buffalo. "Da schau her; ein schwarzer Neger und eine ältere Dame aus der gehobenen Gesellschaft!"

"Ich will alles wissen!" sagte er weiter. "An die Arbeit! Ich gehe zur Hexe Miranda und stelle einen Antrag auf Telefonverbindungsnachweise!"

Als Buffalo in das Zimmer der Staatsanwältin hinein gestürzt war, empfing ihn diese mit der Bemerkung:

"Ein Büffel bleibt eben sein Leben lang ein Büffel! Kannst du nicht anklopfen wie ein normaler Mensch auch?"

"Könnte ich, mein Schatz; könnte ich! Will ich aber nicht! Was ich will, ist eine Genehmigung zur Einholung der Telefonverbindungsnachweise von Frau Veronika Weinmann!"

"Der Frau des Staatssekretärs?" fragte Miranda Hirlinger voller Entsetzen.

"Eben von dieser!" antwortete Buffalo.

"Du hast nicht alle Kerzen am Christbaum!" sagte Miranda, "das kannst du knicken!"

"Sie ist aber vielleicht in einen Mordfall verwickelt!" insistierte Buffalo.

"In welchen Mordfall?" fragte die Staatsanwältin.

"Toter, junger, schwarzer Neger mit vielen Löchern in der Brust!"

"Der neue Fall?" fragte Miranda.

"Ja!" antwortete Buffalo.

"Und was hat Frau Weinmann damit zu tun?"

"Sie war vermutlich seine Geliebte!"

Jetzt brach Miranda in ein schallendes Gelächter aus.

"Jetzt bist du total durchgedreht!" sagte sie, "ein mittelloser Student, dazu noch ein Farbiger und die feine Dame der Gesellschaft, die persönlich zu kennen ich das Vergnügen habe, das ist völlig unmöglich!"

"Heißt das...?"

"Ja, das heißt es! Antrag abgelehnt!"

"Da kann man wohl nichts machen!" resignierte Buffalo, "die Kleinen hängt man und die Großen lässt man laufen!"

"Du kannst wieder nachlassen!" sagte Miranda, "und jetzt verschwinde aus meinem Büro und schau, dass du den richtigen Täter findest!"

"Hasta la vista, Baby!" sagte Buffalo und zog die Tür hinter sich zu.

\*\*\*\*

Das "Henri" war ein kleines Lokal - Ecke Schmittgasse/Schillerstraße - mit nicht allzu vielen Sitzplätzen. Vor dem Tresen ein paar hölzerne Barhocker, wie man sie aus Amerika kennt und hinter dem Tresen die Besitzerin Henriette.

Henriette Sprüngli, wie sie mit vollem Namen heißt, kam ursprünglich aus der Schweiz und hat das Lokal von ihrem verstorbenen Ehemann übernommen. Ursprünglich hieß das Lokal "Zum blauen Esel"; aber nach dem Tod von Henriettes Ehemann benannte sie es um.

Der alte Name hatte ihr nie wirklich gefallen, und die Redewendung "gehen wir zu Henri" hatte sich bei ihren Gästen so eingebürgert, dass die Namensänderung nur noch eine Formsache war.

Die Gäste im „Henri" waren hauptsächlich Mitarbeiter des nahe gelegenen Polizeipräsidiums. Das hatte seinen Ursprung darin, dass vor sehr langer Zeit das Essen in der Kantine des Präsidiums nur mäßig gut war und im „Henri" kleine, aber feine Speisen zu einem niederen Preis angeboten wurden.

Selbst als sich die Qualität in der Kantine wesentlich verbessert hatte, blieben doch die meisten dem „Henri" erhalten.

Hermine hatte sich bisher stets erfolgreich dagegen gewehrt, nach Feierabend mit den Kollegen auf ein Bier zu gehen.

Heute jedoch, nachdem sie einen so tollen Einsatz gebracht hatte, ließ sie sich überreden mitzugehen.

"Ist der Büffel auch dort?" fragte sie vorsichtig.

"Ich glaube nicht", antwortete Herbert, "in der letzen Zeit war er nicht mehr dabei. Aber warum fragst du?"

"Einfach nur so; hat mich halt interessiert!"

Herbert schaute Hermine an, sagte aber nichts.

"Das nenne ich eine Überraschung!" rief Dr. Kleiber, als er Hermine das Lokal betreten sah. "Hast du dich verlaufen?"

Hermine antwortete lachend mit "NEIN!" und setzte sich an den Tisch. Außer dem Doktor waren noch KHM Brenner und die Sekretärin "Eiche" Martha anwesend.

Es überraschte Hermine, dass ihr ganzes Kollegium anwesend war, ausgenommen KHK Buffalo. Aber noch viel mehr, dass die Sekretärin mit von der Partie war, überraschte sie die Anwesenheit des Gerichtsmediziners.

"Du musst deinen Einstand bezahlten!" trompetete KHM Brenner, "das ist so Usus!"

"Das kenne ich!" antwortete Hermine und als Henri an den Tisch trat, wollte sie eine Runde ordern, kam aber nicht dazu, weil Henri vorher zu ihr sagte:

"Du bist also die Neue!"

Hermine nickte nur. Sie war beeindruckt, als sie in das Gesicht der Frau schaute, in welchem das Leben schon etliche Spuren hinterlassen hatte. Und mit ihrer tiefen Stimme fuhr Henri fort:

"Sage mir, Mädchen, du bist doch bei der Kripo!"

Wieder nickte Hermine.

"Dann sage mir, was ist wichtiger beim Menschen, das Herz oder das Hirn?"

Und wie aus der Pistole geschossen kam die Antwort:

"Ganz klar das Herz!"

"Gute Antwort!" antwortete Henri, "du gefällst mir! Die nächste Runde geht auf mich!" Sagte es und rauschte davon.

Dr. Kleiber, der älteste in der Runde, erhob sein Glas, um die Neue willkommen zu heißen.

"Liebe Hermine, wir heißen dich herzlich willkommen in unserer Runde, und wir hoffen sehr, dass du dich wohlfühlst!"

"Vielen Dank!" antwortete Hermine, "ich freue mich, dass ihr mich aufgenommen habt!"

"Aber die nächste Runde geht dann auf dich!" erinnerte KHM Brenner beflissen Hermine, die sich über den Eifer des Kollegen amüsierte.

"Klar doch, Alfred!" antwortete Hermine, "keine Angst, ich habe es noch nicht vergessen!"

"Ich freue mich sehr, Frau Eichmüller", sagte Hermine, "dass ich nicht die einzige Frau in der Runde bin!"

Martha Eichmüller nahm ihr Glas in die Hand, streckte es Hermine entgegen und sagte:

"Hör zu, Schätzchen, nachdem mich alle „Eiche" nennen, kannst du das auch. Und das „Sie" lässt du einfach weg!"

Hermine hätte sich normalerweise über die Bezeichnung "Schätzchen" geärgert. Komischerweise war das aber gerade nicht der Fall. Vielleicht lag es ja daran, dass die Kollegin doch um etliche Jahre älter war als sie.

"Kann ich auch „Martha" zu Ihnen sagen?" fragte Hermine leicht verunsichert.

"Wenn du das „Sie" dabei weg lässt - dann schon!" antwortete „Eiche" Martha Eichmüller.

Ein erleichtertes Lachen rundete die ganze Angelegenheit ab, und in den nächsten Stunden wurde dem Alkohol kräftig gefrönt.

\*\*\*\*

"Ich möchte, dass du und Hermes die Frau Weinmann besucht und ihr ein paar Fragen stellt!"

KK Dörr schaute seinen Chef überrascht an und fragte:

"Wollen wir nicht erst einmal abwarten, was die Auswertung der angeforderten Telefonverbindungsnachweise ergibt?"

"Es gibt keine Nachweise!" antwortete Buffalo.

"Aber wieso nicht?" fragte KK Dörr.

"Miranda hat „NEIN" gesagt!"

"So ein Mist!" sagte KK Dörr enttäuscht. "Dann also auf zur Frau Staatssekretär!"

"Nicht so schnell!" sagte Buffalo, "das Ergebnis der Ballistik liegt vor!"

"Und was sagt uns das?" fragte KK Dörr aufgeregt.

"Bei der Mordwaffe handelt es sich um eine Brünner Tezet, 6,35mm Browning!"

"Ein Kinderspielzeug!" sagte KK Dörr spöttelnd. "Und damit kann man jemand umbringen?"

"Wenn du nahe genug heran gehst und oft genug schießt, dann schon!" antwortete Buffalo.

"Ist das nicht eher eine kleine Waffe für eine Damenhandtasche?" warf Hermine ein.

"So ist es!" antwortete Buffalo, "und deshalb fahrt ihr jetzt zur gnädigen Frau und fragt sie, ob sie eine solche Waffe besitzt!"

"Guten Tag! Wir sind KK Dörr und KKAnw Bauer vom Polizeipräsidium, und wir möchten gern Frau Weinmann sprechen!"

Die Bedienstete, welche die Tür geöffnet hatte, schaute grimmig auf die Dienstausweise der beiden und sagte dann:

"Bitte, warten Sie! Ich muss erst nachfragen, ob die gnädige Frau empfängt!"

Dann schloss sie die Eingangstür und ließ die verdutzten Kriminalbeamten draußen stehen.

"Was war das denn?" fragte KK Dörr.

"Willkommen in der Welt der gehobenen Gesellschaft!" kam die spaßige Antwort von Hermine, "und vergiss nicht, was der Büffel gesagt hat: Mit Glaceehandschuhen anfassen und immer freundlich bleiben!"

"Ist ja gut!" antwortete Herbert gereizt.

"Die gnädige Frau lässt bitten!"

Der Zerberus an der Haustür hatte diese wieder geöffnet und bat die beiden Beamten herein. Sie führte sie in die Bibliothek und hieß sie dort zu warten.

"Guten Tag! Was kann ich für Sie tun?"

Eine wunderschöne und charmante Dame hatte den Raum betreten und bat Hermine und Herbert Platz zu nehmen. Hermine fiel auf, dass das Original die Fotografie in der Wohnung des Toten bei weitem übertraf.

"Darf ich Ihnen vielleicht etwas anbieten?" fragte Frau Weinmann weiter, "Kaffee oder Tee?"

"Nein, danke, Frau Weinmann!" antwortete Hermine, die mit der Situation augenscheinlich besser umgehen konnte als ihr Kollege Herbert.

"Gut! Dann teilen Sie mir doch freundlicherweise den Grund Ihres Besuches mit!"

Hermine fühlte sich immer mehr von dieser Frau eingenommen. Sie konnte sich nicht vorstellen, dass von ihr etwas Böses ausgehen könnte. Und schon gar kein Mord.

"Kennen Sie einen gewissen Abasi Okonjo?"

Während Herbert dieses fragte, hielt er der Dame des Hauses eine Fotografie des Opfers entgegen.

"Nein!" antwortete Frau Weinmann, "wer soll das bitte sein?"

Herbert warf einen bedeutsamen Blick zu Hermine, und dann zog er das Foto aus seiner Tasche, das sie in der Wohnung des Toten gefunden hatten.

"Und wie kommt dann dieses Foto in die Wohnung von Herrn Okonjo?"

Die Befragte schaute sich das Bild kurz an und sagte dann:

"Das kann ich Ihnen nicht beantworten! Ich kenne den Toten nicht, und ich habe ihm auch niemals eine Fotografie von mir geschenkt!"

Herbert, in dem Gefühl, er würde gerade auf der Siegerstraße marschieren, holte zum alles vernichtenden Schlag aus:

"Sind Sie im Besitz einer Waffe?"

Ohne zu zögern, antwortete Veronika Weinmann:

"Ja, ich habe eine kleine Damenpistole!"

"Handelt es sich hierbei vielleicht um eine Brünner Tezet, 6,35mm Browning?"

Jetzt verlor die Befragte für einen kurzen Augenblick ihre Fassung.

"Woher wissen Sie das?"

Herbert platzte beinahe vor Stolz, hatte er doch die Katze jetzt so gut wie im Sack.

"Könnten Sie uns Ihre Waffe bitte zeigen?"

Die Süffisanz und die Lautstärke, mit welcher Herbert fragte, nahmen unerträglich zu. Selbst Hermines mahnender Blick vermochte ihn nicht zu bremsen.

"Einen Augenblick, bitte, ich werde die Waffe holen!" sagte Frau Weinmann und wollte zur Tür, als diese aufging und ein Mann das Zimmer betrat.

"Was ist denn hier los?" fragte der Mann. Es war der Herr Staatssekretär persönlich.

"Die Herrschaften sind von der Kriminalpolizei!" sagte Frau Weinmann.

"Und was wollen Sie von meiner Gattin?" fragte der Herr Staatssekretär weiter. Sein Tonfall hatte an Schärfe leicht zugenommen. Und bevor Herbert oder Hermine antworten konnte, sagte Veronika Weinmann:

"Sie wollen meine Pistole sehen!"

"Was?" entfuhr es dem Herrn Staatsekretär laut. "Wieso möchten Sie die Waffe meiner Gattin sehen?"

Da passierte das Unvermeidliche. Herbert, immer noch vom Scheitel bis zur Sohle randvoll mit Adrenalin, sprach die deutlichen Worte:

"Ihre Gattin steht unter Mordverdacht!"

Mit dieser Äußerung lehnte sich KK Dörr nicht nur weit aus dem Fenster, sondern er war gerade im Begriff im freien Fall seine Karriere zu beenden.

"Sind Sie verrückt!" schrie Herr Weinmann, "nennen Sie mir sofort den Namen Ihres Vorgesetzten!"

"Das ist Herr Kriminaloberrat Becker!" antwortete Hermine, da KK Dörr auf Minimalgröße geschrumpft war. Er hatte seinen Fehler zwar sofort bemerkt; aber leider viel zu spät.

"Sie verlassen jetzt sofort mein Haus!"

"Nein; bitte warten Sie!" sagte Die Frau des Staatssekretärs, "das kann sich doch nur um ein Missverständnis handeln. Ich werde die Pistole holen!"

Bevor der Gatte etwas einwenden konnte, legte Frau Weinmann ihre Hand auf den Arm ihres Mannes und sagte:

"Bitte, lass mich! Ich möchte das so!"

Hermine war überrascht, wie Frau Weinmann mit der Situation umging und auf welche sanfte, aber sehr wirkungsvolle Art und Weise.

Als sie kurz darauf zurück kam, war jedoch davon nichts mehr zu erkennen. Mit leerem Gesichtsausdruck erklärte sie:

"Die Waffe ist nicht mehr da!"

Der Stern von KK Dörr, der gerade noch am Verglühen war, bekam plötzlich einen frischen Glanz und mit neuem Mut versehen, sagte er:

"Ich denke, es ist besser, wenn sie uns jetzt auf das Präsidium begleiten, gnädige Frau!"

Und der Herr Staatssekretär fügte hinzu:

"Ich rufe sofort Dr. Heidler an, er wird sogleich zum Präsidium fahren!"

Dass es sich hierbei wohl um den Anwalt der Familie handelte, war den beiden Kriminalbeamten klar.

Als Hermine und Herbert ins Präsidium kamen, hieß sie „Eiche" Martha eiligst KOR Becker aufzusuchen.

"Geht schnell zu ihm!" sagte Martha, "der Alte hat schon mehrmals nach euch gefragt. Er ist ziemlich sauer!"

"Das riecht nach Ärger!" sagte Herbert. "Da hat wohl schon einer telefoniert!"

Wenig später bekamen sie die Bestätigung durch KOR Becker:

"Was haben Sie sich dabei gedacht?" fauchte dieser Hermine und Herbert an, "Sie können doch nicht die Frau des Staatssekretärs eines Mordes bezichtigen!"

"Aber es gibt Hinweise dazu", versuchte Herbert sein Glück, was jedoch scheiterte, denn KOR Becker schaute ihn grimmig an und sagte mit sehr lauter Stimme:

"Hinweise? Was für Hinweise? Haben Sie auch schlüssige Beweise oder stochern Sie nur wild im Nebel der Vermutungen herum?"

Herbert schwieg, den Blick zu Boden gesenkt, waren ihm doch die Argumente ausgegangen. Stattdessen ergriff Hermine das Wort:

"Wir haben in der Wohnung eine Fotografie von Frau Weinmann gefunden, und der Tote wurde mit der gleichen Waffe erschossen, wie Frau Weinmann eine besitzt!"

"Und haben Sie die Waffe?"

"Nein, Herr Kriminaloberrat! Frau Weinmann hat ihre aber nicht gefunden, als wir sie danach gefragt haben!"

"Gibt es Zeugen?" fragte KOR Becker weiter.

"Nein, leider nicht!" antwortete Hermine. Kollege Dörr war nach wie vor in tiefes Schweigen gehüllt.

"Na gut!" sagte der wieder etwas ruhiger gewordene Kriminaloberrat. "Dann führen Sie diese Befragung durch. Ich möchte jedoch, dass Sie das machen, Frau Bauer!"

"Ich?" fragte Hermine ganz erstaunt.

"Ja, Sie!" antwortete KOR Becker. "Oder trauen Sie sich das nicht zu?"

"Ja, schon!" antwortete Hermine, "wenn Sie das so wünschen?"

"Genau so ist es!" sagte der Kriminaloberrat, "Ihr Kollege wird wohl nichts dagegen haben. Oder?"

Sein Blick war zu KK Dörr gewandert, der sich beeilte zu sagen:

"Aber nein, Herr Kriminaloberrat, wie könnte ich?"

"Dann ist es ja gut! Und jetzt hinaus mit Ihnen und liefern Sie mir bald den Täter oder die Täterin!"

Als Hermine Buffalo mitteilte, dass der KOR Becker wünschte, sie möge die Befragung durchführen, war sie über die Reaktion ihres Chefs überrascht.

"Eine gute Idee! Du kommst als Frau vielleicht besser an sie heran! Also streng dich an und knacke die Nuss!"

Hermine hatte weiche Knie, als sie den Verhörraum betrat.

Neben Frau Weinmann hatte Herr Dr. Heidler, der Anwalt der Familie, bereits Platz genommen. Hermine dokumentierte die Anwesenheit der versammelten Personen und begann mit der Befragung.

"Sie haben vorhin, als wir Sie zuhause aufgesucht haben, gesagt, dass Ihre Pistole nicht auffindbar sei. Ist das richtig?"

"Ja, das stimmt!" antwortete Frau Weinmann. "Und ich glaube, ich kann das jetzt erklären!"

"Wie das?" fragte Hermine.

"Wir hatten vor einigen Tagen einen Einbruch bei uns zuhause, und ich vermute, dass da meine Pistole abhanden gekommen ist!"

"Haben Sie diesen Einbruch gemeldet?"

"Nein! Das haben wir nicht!" antwortete Frau Weinmann.

"Und warum nicht, wenn ich fragen darf?"

"Weil der Herr Staatssekretär das nicht wollte. Und schließlich sei ja auch nichts weg gekommen!"

Der Herr Anwalt hatte diese Antwort gegeben.

"Das ist die fadenscheinigste Antwort, die man sich denken kann!" sagte Buffalo, der das Verhör hinter der Scheibe mit verfolgt hatte. "Ganz klar, die war es!"

Als hätte Hermine das gehört, fuhr sie mit der Befragung fort:

"Und das fällt Ihnen erst jetzt ein?"

"Ich weiß, das muss jetzt etwas seltsam für Sie klingen, Frau Kommissar, aber es ist die Wahrheit!"

"Anwärterin!" murmelte Hermine vor sich hin und sie war sich nicht sicher, ob sie das glauben sollte.

"Wo waren Sie in der Nacht vom 23. auf den 24. April, in der Zeit zwischen 23:30 und 00.30 Uhr?"

"Das war der vergangene Dienstag? Da war ich zuhause in meinem Bett!" antwortete Frau Weinmann.

"Kann das jemand bezeugen? Ihr Mann vielleicht?"

"Nein! Der war nicht zuhause. Er hatte einen Termin außerhalb und kam erst am nächsten Tag zurück!"

"Es gibt also niemand, der Ihr Alibi bezeugen kann?"

"Stopp!"

Der Anwalt von Frau Weinmann hatte dies mit großem Nachdruck gesagt.

"Wieso reden Sie von einem Alibi? Meine Mandantin steht doch nicht unter Tatverdacht!"

"Doch, Herr Anwalt!" antwortete Hermine.

"Und welches Motiv sollte meine Mandantin für die Tat haben?"

Hermine schluckte. Diese Frage hatte sie sich noch gar nicht gestellt. Und ihre Kollegen wohl ebenso wenig.

"Nun, Frau Kommissar?"

Der Anwalt, welcher die Unsicherheit der Verhörführerin bemerkt hatte, drängte nun auf eine Antwort.

"Eifersucht!" platzte es aus Hermine heraus.

"Gut gemacht, Hermes!" frohlockte Buffalo hinter der Scheibe.

"Haben Sie einen Haftbefehl für Frau Weinmann?" fragte der Anwalt.

Hermine antwortete: "Ich unterbreche die Vernehmung und verlasse für kurze Zeit den Raum!"

"Was soll ich jetzt machen, Chef?" fragte sie Buffalo. "Haben wir einen Haftbefehl?"

"Nein!" antwortete Buffalo, "die Hexe stellt mir keinen aus!"

Staatsanwältin Hirlinger hatte Buffalo ganz einfach ausgelacht, als er sie um einen Haftbefehl bat.

"Schick sie nach Hause. Aber sie soll sich zu unserer Verfügung halten!" sagte Buffalo zu Hermine.

Hermine ging zurück in den Verhörraum, setzte sich vor das Mikrofon und dokumentierte das Ende der Befragung.

Beim Hinausgehen reichte Frau Weinmann Hermine die Hand. Hermine schämte sich fast ein wenig und mit leiser Stimme sagte sie:

"Es tut mir leid, Frau Weinmann; bitte entschuldigen Sie!"

Und Frau Weinmann lächelte Hermine an und sagte:

"Es ist schon gut. Auf Wiedersehen, Frau Kommissar!"

Und Hermine murmelte wieder leise vor sich hin: "Anwärterin; ich bin nur Anwärterin!"

\*\*\*\*

"Hallo, Petra!"

"Was willst du?"

"Mit dir reden; fragen, wie es dir geht?"

Wilhelm Büffel versuchte ein Gespräch mit seiner Tochter in Gang zu bringen, was jedoch auf wenig Gegenliebe stieß.

"Gehst du noch in die Therapie?"

"Gelegentlich. Wenn ich nichts Besseres vorhabe!

"Du solltest regelmäßig hingehen; das weißt du doch!"

Es folgte ein langes Schweigen.

"Petra! Bist du noch dran?"

Es folgte ein kurzes Klicken. Petra hatte das Gespräch beendet. Wilhelm Büffel nahm ein Bild in die Hand, welches auf dem Kamin stand.

Es zeigte ihn mit seiner Frau und Tochter Petra. Der alte Büffel bekam feuchte Augen, als er daran dachte, dass sie einmal eine glückliche Familie waren...

\*\*\*\*

"Herrschaften, ich will Ergebnisse! Und zwar schnell!"

Damit begrüßte Buffalo seine Mannschaft. Und zu Hermine und Herbert sagte er:

"Ihr geht zur Uni und befragt seine Kommilitonen. Irgendwer wird ihn schon gekannt haben!"

"Und du, Meister Brenner, findest heraus, ob es irgendwelche Verwandte oder Freunde gibt!"

"Warum darf ich nicht einmal mit in den Außendienst?" fragte KHM Brenner enttäuscht.

"Weil du hier nützlicher bist, mein Freund!" antwortete Buffalo. "Und weil du ein Spezialist im World Wide Web bist!"

KHM Brenner war überrascht über den Sprachduktus seines Herrn, von dem er überzeugt war, dass die moderne Technologie blanker Horror für den alten Mann darstellen musste.

Herbert und Hermine hatten im Immatrikulationsamt der Universität heraus gefunden, für welches Studienfach der Ermordete sich eingeschrieben hatte.

Dort erfuhren sie auch, in welchem Hörsaal seine Kommilitonen anzufinden wären. Der Dozent, welcher gerade seine Vorlesung hielt, stellte die Kriminalbeamten vor.

"Diese beiden Herrschaften sind vom Polizeipräsidium und haben ein paar Fragen an Sie!"

KK Dörr sprach die Studenten an und seine Kollegin ließ Fotos des Ermordeten durch die Reihen gehen.

"Kennt jemand von Ihnen die Person auf dem Foto?" fragte KK Dörr. "Wenn ja, dann möge der- oder diejenige bitte zu uns hierher kommen!"

Zum großen Erstaunen der beiden Kriminalisten meldete sich niemand.

"Das kann doch nicht sein!" rief Herbert laut, "irgendjemand muss diesen Mann doch kennen. Er hat schließlich hier mit Ihnen studiert!"

"Bitte, schauen Sie sich das Bild noch einmal ganz genau an!" mischte sich jetzt Hermine ein. "Es ist sehr wichtig für uns!"

Allgemeines Schulterzucken war die einzige Reaktion darauf.

"Es tut mir sehr leid!" sagte der Dozent, "aber wie Sie sehen, ist dieser Mann hier nicht bekannt! Ich möchte Sie daher ersuchen den Hörsaal zu verlassen, damit ich die Vorlesung fortsetzen kann!"

"Verstehst du das?" fragte Herbert Hermine, als sie wieder draußen waren.

"Nein!" antwortete Hermine, "wie denn auch!"

Sie wollten gerade in den Wagen steigen, als ein junger Mann auf sie zutrat.

"Entschuldigen Sie bitte!", sagte er in holprigem Deutsch, "ich möchte Sie kurz sprechen!"

Der junge Mann, dem Aussehen nach Schwarzafrikaner, war ihnen aus dem Hörsaal gefolgt.

"Ich kenne den Mann auf dem Bild!" sagte er und schaute die beiden Kriminalbeamten erwartungsvoll an. "Das ist Abasi Okonjo!"

"Und wieso haben Sie sich vorhin nicht gemeldet?" fragte Herbert misstrauisch.

"Weil ich keine Schwierigkeiten haben möchte!"

"Was für Schwierigkeiten?" fragte Hermine.

"Der Mann auf dem Foto ist kein guter Mann!" begann der plötzlich aufgetretene Informant. "Er hat mit Drogen gehandelt!"

"Wieso wissen Sie das?" fragte Herbert.

"Das weiß hier jeder!"

"Und wieso hat sich vorhin keiner gemeldet, als wir gefragt haben?"

Der Schwarzafrikaner zuckte mit den Schultern und grinste breit.

"Wahrscheinlich, weil sie alle Kunde bei ihm waren", sagte Hermine, "das würde auch die teuren Klamotten erklären!"

Herbert hatte ein Foto aus der Tasche gezogen und hielt sie dem jungen Mann entgegen.

"Kennen Sie diese Frau?" fragte er.

"Oh ja!" antwortete der Befragte. "Diese Lady hat Abasi öfter mit dem Auto abgeholt!"

"Mit was für einem Auto?" fragte Hermine.

"Mit einem blauen BMW!"

Hermine und Herbert sahen sich verwundert an. Sie wussten, dass Veronika Weinmann ein solches Auto fuhr.

"Sie müssen Ihre Aussage noch zu Protokoll geben!" sagte Herbert und gab ihm eine Visitenkarte. "Morgen Vormittag 10:00 Uhr auf dem Präsidium!"

"Geht auch am Nachmittag?" fragte der Informant, "am Vormittag habe ich Vorlesung!"

"Kein Problem!" sagte Herbert, "dann eben Nachmittag um 14:00 Uhr!"

"Danke!" sagte der junge Mann, gab den beiden Kriminalisten die Hand und ging wieder zurück auf das Universitätsgelände.

Als am nächsten Tag die Zeit schon deutlich über 14:00 Uhr gewandert war, fragte Buffalo nach dem Verbleib des Zeugen.

"Ruf ihn an!" forderte er Herbert auf. "Oder sollen wir hier ewig warten?"

Herbert windete sich hin und her, bevor er Buffalo gestand, dass er keine Telefonnummer des Zeugen habe.

"Dann fahr hin und hole ihn!" sagte Buffalo gereizt.

"Das geht auch nicht!" entgegnete Herbert, "wir haben keine Adresse von dem Mann!"

"Aber doch wenigstens seinen Namen!"

Buffalo war um einige Grade lauter geworden, befürchtete er doch die Antwort, die er gleich bekommen würde.

"Nein!"

"Was?" schrie Buffalo. "Ist das hier ein Kindergarten oder ein Polizeirevier?"

"Es tut mir leid, Chef!" stammelte Herbert, "aber der Zeuge war total vertrauenswürdig!"

"Siehst du das auch so?" fuhr Buffalo nun Hermine an. "Dann sehe ich schwarz mit deiner Laufbahn als Kriminalkommissarin!"

Hermine zog es vor zu schweigen. Sie hatte zwar daran gedacht die Personalien des Schwarzafrikaners aufzunehmen, wollte aber ihrem diensterfahrenen Kollegen nicht hinein pfuschen.

"Wenigstens wissen wir jetzt, dass es eine Verbindung zu Frau Weinmann gibt!" sagte Buffalo und ließ ab von den beiden begossenen Kollegen.

Er wandte sich KHM Brenner zu und fragte, ob er bessere Nachrichten habe, was dieser bejahte.

"Ich konnte ein Ehepaar Okonjo finden und ich werde versuchen die Herrschaften zu kontaktieren!"

"Gut gemacht, Meister Brenner; mach das!" sagte Buffalo und klopfte dem jungen Kollegen anerkennend auf die Schultern.

"Ich mache für heute Schluss!" sagte er dann und ging bei der Tür hinaus.

"Verdammter Mist!" erleichterte sich jetzt KK Dörr, "wieso hast du seine Personalien nicht aufgenommen?"

Bevor Hermine darauf reagieren konnte, hatte KK Dörr schon die Tür hinter sich zugemacht.

"Das ist doch eine Unverschämtheit sondergleichen!" ereiferte sich Hermine, "so ein falscher Hund!"

"Na, na!" sagte Kollege Brenner, "nun mal langsam!"

"Nichts da!" legte Hermine nach. "Dörr ist der erfahrene Kollege, er hätte das machen müssen!"

Hermine nahm ihre Jacke von der Sessellehne, sagte kurz „bis Morgen!" und ging hinaus. Für heute hatte sie genug.

"Wohin so eilig?"

Hermine hätte Dr. Kleiber fast umgerannt. Sie hatte ihn völlig übersehen.

"Ich brauche frische Luft!" sagte sie, "viel frische Luft!"

"Komm mit!" sagte der Doktor, "ich weiß, wo es viel davon gibt!"

Hermine konnte gar nicht anders; sie musste lachen.

"Dich schickt der Himmel!" sagte sie und Franz antwortete: "Ich weiß!"

"Wo fahren wir hin?" fragte Hermine, als sie neben Franz im Auto saß.

"Ein paar Kilometer außerhalb liegt eine kleine, bewirtschaftete Berghütte. Wir müssen allerdings ein Stück weit zu Fuß gehen!"

"Das macht nichts!" antwortete Hermine, "das wird mir gut tun!"

"Ganz sicher sogar!" sagte Franz, "das macht den Kopf wieder frei!"

Als sie auf der Hütte angekommen waren, setzten sie sich auf die kleine Terrasse.

"Der selbstgebackene Apfelstrudel ist die Spezialität hier oben!" sagte Franz. "Den solltest du probieren!"

"Mach ich, Herr Doktor!" scherzte Hermine, die sich wieder einmal in der Nähe des Mannes so sehr geborgen fühlte, und zu dem es sie wie magisch hinzog.

"Wie alt bist du eigentlich?" fragte Hermine ihren väterlichen Freund.

Franz schaute Hermine staunend an und sagte:

"Wieso willst du das wissen?"

"Na, so halt!" antwortete Hermine.

"Niemand fragt den anderen nur so halt!" sagte Franz mit ernster Miene. "Also raus damit; wieso?"

"Habe ich dich jetzt verärgert mit meiner Frage?" sagte Hermine kleinlaut. "Das tut mir leid!"

"Aber nein!" antwortete Franz, "ich bin nur überrascht! Und wenn du es unbedingt wissen willst, ich werde nächsten Monat sechsundfünfzig!"

"Was, so jung bist du noch?" sagte Hermine und lachte.

"Jetzt schlägt's dreizehn!" sagte Franz und er lachte aus vollem Hals, "sehe ich denn schon so viel älter aus?"

"Aber nein!" antwortete Hermine, "natürlich nicht!"

Und nach einer kurzen Pause: "Dann ist der Altersunterschied ja gar nicht so groß!"

Franz wurde mit einem Schlag sehr ernst.

"Was willst du mir denn damit sagen, Kind?"

"Dass ich dich sehr gern habe!" sagte Hermine leise. "Ist das schlimm?"

"Schlimm nicht, du Dummchen!" antwortete Franz, der Hermines Hand ergriffen hatte.

Er ließ sie aber sogleich los und sagte:

"Das ist nicht schlimm, das ist etwas sehr Schönes; aber es ist leider unpassend!"

"Unpassend?"

Hermine hatte das Wort wiederholt und sie sprach es mit leiser Stimme.

"Kann denn die Liebe unpassend sein?"

Franz sah Hermine ins Gesicht und als er sah, dass Tränen in ihren Augen erschienen, sagte er:

"Du bist so beneidenswert jung und ich bin schon ein Auslaufmodell. Du verdienst einen jungen Mann, der dich liebt und der zu dir passt!"

"Magst du mich denn nicht einmal ein bisschen?" fragte Hermine und Franz antwortete:

"Ich mag dich sehr und ich bin auch gern dein Freund. Aber Liebe zwischen uns beiden; das geht ganz einfach nicht!"

Dann verlangte er die Rechnung, Als sie zum Auto zurück gingen, brach schon die Dämmerung herein. Franz und Hermine gingen schweigend nebeneinander, ein jeder in seine Gedanken versunken, die sich so ähnlich waren und doch so verschieden.

\*\*\*\*

"Bekomme ich jetzt endlich meinen Haftbefehl?"

"Du lässt wohl nie locker!" antwortete Miranda.

Buffalo stand im Zimmer der Frau Staatsanwältin und startete einen neuen Versuch.

"Und auf welchen wackeligen Beinen steht dein Antrag dieses Mal?" fragte Miranda.

"Auf festen Beinen!" triumphierte Buffalo, "ich habe einen Zeugen, der die Verbindung des Toten zur Gattin des Herrn Staatssekretärs bestätigen kann!"

Buffalo genoss seinen Auftritt sichtlich, zumal er sah, dass Miranda nachdenklich wurde.

"Und ist der Zeuge verlässlich?" fragte sie.

"Hundertprozentig!" sagte Buffalo, "es ist ein Studienkollege des Ermordeten. Und vergiss nicht, die gnädige Frau hat kein Alibi für die Tatzeit!"

"Na gut!" sagte Miranda, "du bekommst deinen Haftbefehl; obwohl mir ein wenig mulmig dabei ist!"

"Braves Mädchen!" sagte Buffalo und warf Miranda einen Handkuss zu. Dann ging er hinaus.

"Und ich habe dieses Monster einmal geliebt", dachte Miranda und befasste sich mit dem Ausstellen des Haftbefehls.

"Chef, ich habe die „Okonjos" gefunden!" vermeldete KHM Brenner voller Stolz, als Buffalo den Raum betrat. "Ich habe sie für morgen Vormittag einbestellt!"

"Du bist halt doch mein bester Mann, Meister Brenner!" sagte Buffalo und lächelte über den Eifer seines jungen Kollegen.

"Dann können wir wohl den Sack bald zumachen!" ergänzte er, "und Frau Weinmann ihrer gerechten Strafe zuführen!"

"So ist es, Buffalo!"

KHM Brenner fühlte sich im selben Moment, als er dieses gesagt hatte, am Rande eines tiefen Abgrundes. Was hatte er nur getan?

"Verzeihung, Chef!" stammelte er, "das wollte ich nicht! Das ist mir nur so heraus gerutscht!"

KHM Brenner bekam einen trockenen Mund und er fühlte sich hundeelend. Das hätte ihm nicht passieren dürfen; niemals!

"Mein lieber Junge!" begann Buffalo, "glaubst du wirklich, ich weiß nicht, dass man mich so nennt?"

KHM Brenner zog es vor nicht darauf zu antworten. Er verharrte in seiner Schockstarre, darauf wartend, dass ihm in den nächsten Minuten der Kopf abgerissen werden würde.

Aber nichts dergleichen geschah. Buffalo Wilhelm Büffel, Kriminalhauptkommissar mit unwahrscheinlich vielen Dienstjahren und einer unglaublichen Verbrechensaufklärungsquote sah Meister Brenner lange an und sagte dann:

"Mein lieber Alfred, du leistest so gute Arbeit, dass ich dir das soeben Geschehene nachsehen will. Betrachte es als Anerkennung oder als kleine Belohnung. Aber sage dieses Wort niemals im Beisein anderer!"

KHM Alfred Brenner, ehemals „Meister Brenner", wurde von einem Glücksgefühl nie gekannter Art heimgesucht. Er war gerade mit Müh und Not dem Schlimmsten entgangen, was man sich nur vorstellen konnte: dem Heiligen Zorn von KHK Buffalo Büffel.

\*\*\*\*

"Wo ist KHK Büffel?"

Es war Frau Staatsanwältin Hirlinger, welche mit starrem Blick vor KK Dörr stand und ihn anbrüllte.

"Er ist noch nicht da!" antwortete KK Dörr.

"Dann schaffen Sie ihn schleunigst herbei und bringen ihn zu mir!"

"Jawohl!" sagte KK Dörr. Er war aufgestanden und hatte Haltung angenommen wie ein Soldat vor seinem General. Mit Miranda war nicht gut Kirschen essen, das wusste jeder.

KK Dörr wählte die Nummer seines Chefs.

Eine krächzende Stimme meldete sich mit einem schwachen "Hallo?"

"Chef, bist du das?" fragte KK Dörr zögerlich.

"Wer denn sonst, du Esel!" kam die Antwort, "oder hast du vielleicht die Nummer vom Papst gewählt?"

"Nein Chef!"

"Was willst du?" fragte Buffalo.

"Miranda will dich sehen! Sie ist stinksauer!"

"Was will sie denn?"

"Das weiß ich nicht!" antwortete KK Dörr. "Und außerdem kommen heute Vormittag die Eltern des Ermordeten. Ich warte mit der Befragung, bis du kommst!"

"Das machst du nicht!" sagte Buffalo und erstickte beinahe an einem heftigen Hustenanfall. "Ich muss zum Arzt und komme wahrscheinlich erst morgen wieder ins Büro. Und sage der alten Hexe, dass ich krank bin!"

"Mache ich, Chef! Und gute Besserung!"

Buffalo hörte das nicht mehr, denn er hatte das Gespräch bereits beendet.

KK Dörr wählte die Nummer der Staatsanwaltschaft, um die Krankmeldung seines Chefs Miranda Hirlinger mitzuteilen.

\*\*\*\*

"Die Befragung des Ehepaars Okonjo hat nicht wirklich etwas gebracht!" sagte KK Dörr, als Buffalo am nächsten Morgen zum Dienst erschien.

"Ich möchte die Aufzeichnung der Befragung trotzdem sehen!" antwortete Buffalo. "Aber zuerst mache ich der alten Hexe meine Aufwartung!"

"Guten Morgen, du Schönste aller Schönen!"

Buffalo konnte es sich nicht verkneifen Miranda auf diese Weise zu begrüßen.

"Setz dich, Super-Detektive Buffalo und halt deine Klappe!"

Die Art, wie Miranda das sagte, machte Buffalo stutzig. Normalerweise antwortete Miranda mit einem ähnlich flapsigen Spruch. Sie waren zwar schon sehr lange kein Paar mehr; aber sie pflegten dennoch einen Umgang, den man durchaus vertraut und auch freundlich nennen konnte.

"Schlecht geschlafen, Hoheit?"

"Überhaupt nicht, du hirnloser Ochse!"

"Jetzt aber langsam, Frau Staatsanwalt! Was ist denn los?"

"Was los ist, fragst du?"

Die Stimme von Miranda war laut geworden und sie überschlug sich fast, als sie fortfuhr:

"Du hast mich beim Haftprüfungstermin ins offene Messer laufen lassen!"

"Was meinst du damit?" fragte Buffalo.

"Der Anwalt von Frau Weinmann wollte die schriftliche Aussage deines Zeugen einsehen, die ich nicht hatte, weil es ja keine gibt! Oder hast du vielleicht inzwischen eine auftreiben können?"

"Natürlich nicht!" antwortete Buffalo, "und du weißt auch, warum das so ist!"

Miranda sah ihr Gegenüber lange an. Dann sagte sie:

"Du bist einer der fähigsten Ermittler, der je in diesem Präsidium gearbeitet hat. Kannst du mir sagen, wie dieser unverzeihliche Fehler passieren konnte?"

"Menschliches Versagen?" bot Buffalo der Staatsanwältin an. "Wir machen doch alle einmal einen Fehler; oder etwa nicht?"

Miranda hatte ihre Fassung wieder gewonnen. Mit brüchiger Stimme sagte sie:

"Das war der schwärzeste Tag in meiner ganzen Laufbahn. Der Richter hat mich aussehen lassen wie ein kleines Schulmädchen. Die „Oberstaatsanwältin" ist hiermit in weite Ferne gerückt!"

"Das tut mir aufrichtig leid, Miranda!" sagte Buffalo und sein Mitgefühl kam aus dem Herzen, nicht aus dem Hirn.

"Ist schon gut!" sagte Miranda. "Alles ist gut!"

Buffalo war aufgestanden, um zu gehen.

"Der Richter hat Frau Weinmann auf freien Fuß gesetzt!"

Buffalo nickte und ging hinaus.

"Was wollte die alte Hexe?" fragte KK Dörr, als Buffalo zurück war.

"Für dich immer noch Frau Staatsanwältin!" sagte Buffalo mit energischer Stimme. "Schreib dir das gefälligst hinter die Ohren!"

"Willst du jetzt die Aufzeichnung der Befragung sehen?"

KK Dörr zeigte Buffalo die Aufzeichnung vom Vortag. Die Eltern von Abasi Okonjo waren zwei freundliche, gut gekleidete Menschen, welche tief bestürzt über den Tod ihres Sohnes waren.

"Aufzeichnung der Befragung zum Mordfall Abasi Okonjo durch KK Dörr. Anwesend sind Lambert Okonjo und Ehefrau Anneliese Okonjo, geborene Wiegand. Beginn der Befragung 10:15 Uhr."

"Wer hat meinen Sohn ermordet?" fragte Lambert Okonjo, der Vater des Toten.

"Das wissen wir noch nicht!" antwortete KK Dörr, "die Ermittlungen laufen noch!"

"Unser Sohn hat noch nie etwas Böses getan!" sagte die Mutter, "warum wurde er ermordet?"

KK Dörr stutzte, bevor er auf diese Frage einging.

"Ihr Sohn hatte vermutlich mit der Rauschgift-Szene etwas zu tun!"

"Was?" schrie Lambert Okonjo. Er war aufgesprungen und schrie weiter:

"Mein Sohn ist kein Junkie!"

"Das sagte ich auch nicht!" antwortete KK Dörr, sichtlich erschrocken über den Temperamentsausbruch des Mannes. "Er hat damit gedealt! Er selbst hat nichts genommen!"

"Wie kommen Sie auf diesen Unsinn?"

"Ihr Sohn war nur ein armer Student und hatte in seinem Kleiderschrank lauter Designerklamotten!"

Das war dem Vater des Ermordeten zu viel. Seine Augen drohten aus ihrer Höhle zu treten und er hatte offensichtlich seine Verfassung verloren, als er heftig brüllte:

"Wissen Sie, wer ich bin?" fragte Lambert Okonjo. Und nach einer kleinen, aber bedeutsamen Pause fuhr er fort:

"Ich betreibe ein Import/Exportgeschäft und verkehre in Kreisen, zu denen Sie ganz sicher keinen Zutritt haben!"

KK Dörr schaute hilfesuchend zur Rückwand, hinter welcher er seine Kollegen wusste, die ihm jedoch nicht helfen konnten.

"Ich möchte sofort Ihren Chef sprechen!" rief Lambert Okonjo, und sein Blick sagte KK Dörr, dass er dieser Bitte wohl besser nachkommen sollte.

In Ermangelung der Anwesenheit von KHK Büffel, ließ KK Dörr den Herrn KOR Becker ersuchen, er möge doch kurz in den Verhörraum kommen.

"Guten Tag! Ich bin KOR Becker, der übergeordnete Leiter dieser Dienststelle! Wie kann ich helfen?"

"Dieser Mensch behauptet, dass mein Sohn in kriminelle Machenschaften verwickelt war. Das ist eine dreiste Lüge und eine Beleidigung für meine ganze Familie!" wetterte der noch immer sehr erregte Lambert Okonjo.

Der Blick von KOR Becker wanderte von den Eltern des Ermordeten hin zu KK Dörr, um sich mit dessen Hilflosigkeit zu vereinen.

Er war gerade im Begriff Stellung zu dem Vorwurf zu beziehen, als der Mann im edlen Zwirn ihm dieses abnahm.

"Ich werde mich an den Herrn Minister Kleiber wenden! Den werden sie ja wohl kennen. Alles andere besprechen Sie mit Dr. Bernstein! Ich bin hier fertig!"

Lambert Okonjo reichte seiner Gattin die Hand und sagte:

"Lass uns gehen, Skattebol (was so viel wie „Liebling" bedeutet), hier haben wir nichts mehr zu tun. Ich werde gleich Winni und Johannes anrufen. Die sollen sich der Sache annehmen.

KOR Becker wurde schwarz vor Augen. Das bezog sich nicht auf die Hautfarbe der geschockten Eltern, sondern vielmehr auf die Tatsache, dass er davon ausgehen konnte, dass der Herr Lambert Okonjo sowohl den Minister kannte als auch den Staranwalt Dr. Johannes Bernstein.

Wie sonst hätte er von „Winni" gesprochen, bezogen auf den Herrn Minister Winfried Kleiber und hätte den gefürchteten Anwalt, Herrn Dr. Bernstein, mit dessen Vornamen erwähnt.

"Dörr!" sagte er zu dem verständnislos da stehenden und dreinschauenden Kriminalkommissar, "was haben Sie nur getan? Sie Unglückswurm!"

Dann ging er hinaus und zurück blieb ein Mann, der nur „Bahnhof" verstanden hatte. KK Dörr kannte weder den Minister noch den Anwalt. Ja, dem Namen nach; aber sonst?

"Was sagst du, Chef?" fragte er Buffalo, als sie die Aufzeichnung der Befragung zu Ende geschaut hatten.

Buffalo war blass geworden.

"Das ist eine Katastrophe!" sagte er.

"Das hat der KOR Becker auch schon gesagt!" erwiderte KK Dörr, "aber ich weiß noch immer nicht, warum?"

"Das waren auch ganz sicher die Eltern des Ermordeten?" fragte Buffalo, "hast du das überprüft?"

"Was denkst du denn?" sagte KK Dörr mit leicht beleidigter Stimme, "ich bin doch kein Anfänger!"

Buffalo sah seinen Kollegen bedeutungsvoll an. Kurz darauf ließ er KK Dörr in seiner Ungewissheit zurück und verließ den Raum.

Was er gerade gesehen hatte, war schon starker Tobak. Die Indizienkette, von der er geglaubt hatte, sie wäre stark genug, um Frau Weinmann des Mordes zu überführen, war nur mehr ein dünnes Kinderarmband und kurz davor zu zerreißen.

****

"Wer ist da?" klang die Stimme aus der Gegensprechanlage.

"Ich bin es, dein Vater!"

"Was willst du?" fragte Petra Büffel.

"Ich muss mit dir reden!" antwortete Wilhelm Büffel, "es ist sehr wichtig! Bitte, mach auf!"

Nach ein paar Sekunden des Schweigens, ertönte der Türsummer. Wilhelm Büffel benützte die Treppe, obwohl ein Fahrstuhl vorhanden war.

Auf diese Art blieben ihm noch ein paar Minuten des Nachdenkens, bevor er seiner Tochter gegenüber trat. Es war ein sehr schwerer Gang, der ihm bevor stand und ein wenig fürchtete er sich davor.

Die Tür war geöffnet und leicht angelehnt. Wilhelm ging hinein.

"Hallo, Petra!" sagte er, "vielen Dank, dass du mich empfängst!"

Petra erwiderte den Gruß nicht. Sie sagte nur in einer leicht schnippischen Art:

"Was ist so wichtig, dass du mich zuhause aufsuchst?"

"Darf ich mich setzen?" fragte Wilhelm, der noch mitten im Zimmer stand.

Petra antwortete wieder nicht. Sie wies nur mit der Hand auf die im Raum befindlichen Sitzmöbel.

"Ich werde sterben!" sagte Wilhelm tonlos.

"Na und?" sagte Petra, "müssen wir das nicht alle einmal?"

"Ich werde sehr bald sterben!" sagte Wilhelm und sah seiner Tochter in die Augen.

Petra starrte ihren Vater lange an und dann sagte sie nur das eine Wort:

"Wieso?"

"Weil ich einen Tumor habe!"

"Was für einen Tumor?" fragte Petra und ihr Tonfall hatte sich verändert.

"Das spielt keine Rolle!" antwortete Wilhelm, "ich habe einfach nur einen Tumor!"

"Kann man das nicht operieren?"

"Er ist inoperabel! Er wurde zu spät entdeckt!"

"Wie lange noch?"

Wilhelm musste an sich halten. Er hasste diese Art. Petra hatte sie schon als Kind. Sie wurde offensichtlich schon als Pragmatikerin geboren.

"Ein paar Wochen, vielleicht einen Monat!"

Petra zeigte sich jetzt doch ergriffen.

"Das tut mir leid, Papa!"

Wilhelm schluckte. Dieses Wort hatte seine Tochter schon viele Jahre nicht mehr verwendet.

"Das ist lieb von dir!" sagte Wilhelm und lächelte.

"Möchtest du vielleicht etwas trinken?" fragte Petra, "Tee oder Kaffee?"

"Hast du auch etwas Stärkeres?" fragte Wilhelm.

"Natürlich!" antwortete Petra und holte eine Flasche Cognac und zwei Gläser.

"So etwas Feines hast du?" sagte Wilhelm, als er einen Blick auf das Etikett machte.

"Der ist noch von Mama!" antwortete Petra und verstärkte dadurch die Schwere der Atmosphäre, welche den Raum erfüllte.

"Erst Mama und jetzt du!" sagte Petra und begann zu weinen. All die Zwistigkeiten der letzten Jahre und der abgrundtiefe Hass, der zwischen Tochter und Vater stand, löste sich in Nichts auf.

Es schnürte Wilhelm die Kehle zu. Er hätte Petra so gern in den Arm genommen, konnte es aber nicht.

"Weine nicht, Liebes!" versuchte er seine Tochter zu trösten.

Petra ging zu ihrem Vater und umarmte ihn. Wilhelm erschreckte sich. Mit dem hatte er nicht gerechnet.

"Kann ich irgendetwas für dich tun?" fragte Petra.

"JA!", antwortete Wilhelm, "das kannst du!"

"Sag es bitte! Egal was es ist; ich mache es!"

Petra hatte es mit Nachdruck gesagt und ihrem Vater dabei fest in die Augen gesehen.

"Lass uns in der Zeit, die mir noch bleibt, so viel Zeit gemeinsam verbringen, wie nur möglich!"

"Aber ja doch!" sagte Petra, "das machen wir!"

Und dann sagte sie etwas, was Wilhelm beinahe umwarf:

"Ich richte dir das Gästezimmer her und du wohnst ab sofort bei mir!"

"Das geht nicht!" sagte Wilhelm.

"Warum geht das nicht?"

"Ich muss noch einiges erledigen!" antwortete Wilhelm, "aber wenn ich merke, dass es mir schlechter geht, dann werde ich gern auf dein liebes Angebot zurück kommen. Wäre das in Ordnung für dich?"

"Und du machst das auch ganz bestimmt?"

"Ganz bestimmt!" antwortete Wilhelm. "Versprochen!"

\*\*\*\*

"Hör zu, Herbert! Du gehst in die Asservatenkammer, besorgst dir eine kleine Menge Stoff und fährst damit zu Bruno!" sagte Buffalo zu KK Dörr.

"Wozu das Ganze?" fragte KK Dörr.

"Ich will wissen, wie unser toter Bimbo zu dem Koks gekommen ist!"

"Und du glaubst, von Bruno erfährst du das?"

"Wenn jemand etwas darüber weiß, dann unser lieber Bruno!" sagte Buffalo.

"Soll ich noch jemand mitnehmen?" fragte Herbert.

"Ja!" antwortete Buffalo, "am besten den Polizeipräsidenten! Und die kleine Bauer!"

KK Dörr fuhr mit Hermine in die Bar von Bruno Kowalski, um ihm das kleine Päckchen Kokain unterzujubeln.

Bruno war eine gewisse Größe im Rotlichtmilieu und genoss den persönlichen Schutz von Buffalo. Die beiden kannten sich von Kindesbeinen an. Bruno hatte in jungen Jahren Wilhelm Büffel vor dem Ertrinken gerettet.

"Hallo, Herbi!" begrüßte Chantal, die eigentlich Herta Müller hieß, den neuen Gast. Sie war quasi die Empfangsdame des Etablissements. Hermine beachtete sie gar nicht.

"Ist dein Überlaufventil kaputt? Können wir dir bei der Reinigung behilflich sein?"

Herbert nahm gelegentlich die Dienstleistung durch eine von Brunos Damen in Anspruch. Zu einer Ehefrau hatte er es bisher noch nicht gebracht, und eine Freundin hatte er auch nicht.

"Nein!" antwortete Herbert, der sich an die zweideutigen Sprüche von Chantal schon längst gewöhnt hatte. "Gib mir einfach ein Bier!"

Er schaute verstohlen zu Hermine, die jedoch keinerlei Reaktion erkennen ließ.

"Wie geht es dem Büffel?" fragte Chantal, "er hat sich schon lange nicht mehr bei uns blicken lassen."

"Viel Arbeit!" antwortete Herbert, "keine Zeit!"

Es war noch früh am Abend und dennoch war die Bar schon recht gut besucht.

"Kannst du Bruno Bescheid sagen, dass wir hier sind!" sagte Herbert zu Chantal und Chantal sah Herbert misstrauisch an.

"Was willst du von Bruno?" fragte sie, "du weißt, Bruno lässt sich nur ungern stören!"

"Das sage ich ihm, wenn er da ist! Jetzt geh schon und hole ihn!"

Als Chantal in Richtung Büro ging, um Bruno zu holen, ging Herbert hinter den Tresen und öffnete eine Schublade.

"Ja, was haben wir denn da?" sagte er laut und hielt ein Päckchen in der Hand. Er sagte es so laut, dass einige der Gäste aufmerksam wurden.

In der Zwischenzeit war Chantal zurück gekommen, gefolgt von ihrem Boss, Bruno Kowalski.

"Was machst du da, Herbi?" rief Bruno schon von weitem, als er sah, was Herbert in die Höhe hielt.

"Für Sie Kriminalkommissar Dörr, wenn ich bitten darf, Herr Kowalski!"

"Das hat mir das Schwein untergejubelt!" schrie Chantal hysterisch.

"Halt deine Klappe!" fuhr sie Bruno an, der ein größeres Aufsehen zu verhindern versuchte.

"Wollen Sie meinem Kollegen unterstellen, dass er Ihnen dieses Päckchen untergeschoben hat?" mischte sich nun auch Hermine ein.

Herbert hatte Hermine bei der Herfahrt über den Plan Buffalos informiert, über Bruno vielleicht an die Hintermänner zu gelangen, welche dem Ermordeten das Koks besorgt haben könnten.

"Sie begleiten uns jetzt bitte auf das Präsidium, Herr Kowalski, und Sie kommen gleich mit, verehrte Dame!" sagte Herbert zu Chantal, die seine Aufforderung mit einem giftigen Blick quittierte.

"Guten Abend, Bruno!" sagte Buffalo, "lange nicht mehr gesehen!"

"Hallo Willi!" antwortete Bruno Kowalski.

Die beiden Männer saßen sich im Verhörraum gegenüber und lächelten sich an.

"Was soll der Scheiß mit dem Koks?"

"Was meinst du?" sagte Buffalo.

"Lassen wir das Katz-und-Maus-Spiel, Willi! Sage mir einfach, was du willst!"

"Ich brauche deine Hilfe, Bruno!"

"Und da ziehst du in meiner Bar so eine Schau ab? Das ist Geschäftsschädigung!"

"Sacht, sachte, lieber Freund!" sagte Buffalo, "du vergisst, was wir bei dir gefunden haben!"

"Für wie dumm hältst du mich eigentlich?"

"Darauf geb ich dir lieber keine Antwort!" sagte Buffalo, "der alten Zeiten wegen!"

"Um was geht es denn?" fragte Bruno.

"Um Mord!" antwortete Buffalo.

"Waas?" rief Bruno entsetzt, "um Mord?"

"Nicht direkt!" antwortete Buffalo, "um die Begleitumstände bei einem Mord!"

"Jetzt verstehe ich überhaupt nichts mehr!" sagte Bruno, "ich glaube, ich brauche etwas zu trinken! Hast du ein Bier?"

Buffalo lachte. "Du weißt, dass das nicht geht! Ich kann dir einen Kaffee bringen lassen, wenn du willst!"

"Lass stecken!" sagte Bruno, "ich trinke kein Spülwasser aus dem Automaten!"

Buffalo lachte erneut. "Du änderst dich wohl nie!"

"Genauso wenig wie du, mein Freund!"

Dann erzählte Buffalo Bruno Kowalski von dem Kokainfund in der Wohnung des Mordopfers. Er zeigte ihm eine Fotografie des Toten und fragte ihn, ob er diesen „schwarzen Mann" schon einmal gesehen hat.

"In der Nacht sind alle Katzen grau!" sagte Bruno, "und einen „schwarzen Mann" in schwarzer Nacht, den kann man sowieso nicht erkennen."

Jetzt lachten beide. Herbert, der mit Hermine hinter der Scheibe des Verhörraums saß und alles mitgehört hatte, fiel in das Lachen der beiden Männer mit ein. Lediglich Hermine hielt sich zurück. Sie konnte nichts Lustiges daran erkennen.

"Ich werde mich einmal umhören!" sagte Bruno, "aber versprechen kann ich dir nichts!"

"Ist in Ordnung!" sagte Buffalo, "ich danke dir mein Freund!"

"Und was geschieht jetzt mit dem Koksfund in meiner Bar?" fragte Bruno.

"Nichts, mein Lieber!" antwortete Bruno, "es hat sich wohl um ein Missverständnis gehandelt!"

\*\*\*\*

"Guten Abend, Papa! Hattest du einen anstrengenden Tag?"

Petra begrüßte ihren Vater mit einem Kuss auf die Wange und nahm ihm den Mantel ab.

"Guten Abend, mein Schatz!" antwortete Wilhelm, "es ist lieb von dir, dass du fragst! Ja, es war ein anstrengender Tag! Die Arbeit fällt mir jetzt schon recht schwer!"

"Warum lässt du dich nicht beurlauben?"

"Soll ich zuhause herum sitzen und auf den Tod warten?" sagte Wilhelm, "das würde ich nicht aushalten!"

"So meinte ich das doch nicht!" antwortete Petra entschuldigend.

"Ich weiß, mein Schatz!"

"Hast du schon etwas gegessen oder soll ich dir etwas machen?"

"Ich habe etwas gegessen; aber gegen ein Glas Wein hätte ich nichts einzuwenden! Und dann setzt du dich zu mir, denn ich habe eine Überraschung für dich!"

"Was für eine Überraschung?" fragte Petra.

"Erst den Wein - dann die Überraschung!"

Petra goss ein und setzte sich zu ihrem Vater.

"Was hältst du davon, wenn wir morgen zum See fahren, ein Stück hinaus rudern und die Angel auswerfen?"

"Hast du denn morgen Zeit?"

"Den ganzen Tag!" antwortete Wilhelm.

"Das ist ja wunderbar!" begeisterte sich Petra, "auf den See hinaus rudern gern; aber bitte ohne Angel!"

"Du hast das doch früher immer so gern gemacht?" sagte Wilhelm ein wenig enttäuscht.

"Früher, Papa, früher! Da war ich ein kleines Mädchen!"

"Was? So lange ist das schon her?"

"Ja, Papa!" sagte Petra und sah ihren Vater liebevoll an. "Aber du wirst sehen, das wird auch ohne angeln ein schöner Ausflug werden!"

"Das glaube ich auch!"

\*\*\*\*

"Wo ist KHK Büffel? Ist der schon wieder unpässlich?"

KOR Becker hatte Buffalos Telefon angewählt und keine Antwort erhalten. Daher fragte er jetzt KK Dörr.

"KHK Büffel hat sich für heute freigenommen!" sagte KK Dörr und schaute in das entsetzte Gesicht seines obersten Herrn.

"Wie bitte?" sagte dieser, "mitten in einer Mordermittlung? Ist der Mensch noch ganz normal?"

KOR Becker und KHK Büffel besuchten zur gleichen Zeit die Polizeischule. Schon damals gingen die beiden verschiedene Wege. Büffel wollte Polizist werden und Becker wollte Karriere machen.

Sie waren sich schon damals nicht grün, und als sie das Schicksal Jahre später auf der gleichen Dienststelle wieder zusammen führte, weckte das nicht gerade freundschaftliche Gefühle. Man pflegte auch von Anbeginn das respektvolle SIE.

"Geben Sie mir seine Handynummer!" sagte KOR Berger und sah KK Dörr auffordernd an.

"Ich weiß nicht..." versuchte KK Dörr sich heraus zu winden; aber KOR Becker fuhr ihn an:

"Ein bisschen plötzlich, wenn ich bitten darf!"

KK Dörr beugte sich dem mächtigen Vorgesetzen und gab ihm die Nummer.

Becker wählte Buffalos Nummer und sein finsterer Gesichtsausdruck verriet deutlich, dass sich am anderen Ende nur die Mailbox gemeldet hatte.

Wut schnaubend verließ KOR Becker das Zimmer, begleitet von einem unverschämten Blick seines Untergebenen.

Was war geschehen? Kein geringerer als der Herr Polizeipräsident persönlich hatte KOR Becker zu sich zitiert und ihm kräftig die Leviten gelesen.

Und nun wollte KOR Becker die Schelte nach unten weiter reichen und konnte nicht.

\*\*\*\*

"Ist es nicht wunderschön hier?" sagte Wilhelm, als sie mit dem Boot ein Stück weit vom Ufer entfernt waren.

Er war schon Tage davor an den See gefahren, um die kleine Hütte etwas herzurichten. Hier hatte er mit Margot und der kleinen Petra viele schöne Stunden verbracht.

Wilhelm hatte nie begriffen, warum das eines Tages aufgehört hatte. Lag es daran, dass er sich zu sehr seinem Beruf verbunden fühlte? Oder lag es daran, dass Margot und er sich auseinander gelebt hatten?

Begonnen hatte es damit, dass eines Tages in der Nachbarschaft ein junges Paar über den Sommer eine Hütte gemietet hatte. Es war die Hütte der alten Frau Wörner.

Ihr Mann war verstorben und sie selbst hatte kein Interesse daran die Hütte zu nützen. Sie hatte - ähnlich wie bei Wilhelm - ihrem Mann zum Angeln gedient.

Man kam sich schnell näher, zumal das junge Paar einen Sohn im Alter Petras hatte. Die beiden Kinder freundeten sich schnell an, und so war es unvermeidlich, dass auch die Eltern sich näher kamen.

Mojo und Heidi nannten ihren kleinen Sonnenschein liebevoll „Simba", weil er eine Mähne wie ein Löwe hatte.

Bei Margot und Mojo, Heidis Ehemann, hatte es schon bei der ersten gemeinsamen Begegnung gefunkt. Wilhelm hatte es wohl bemerkt, aber nichts gesagt.

Es waren die wilden "Siebziger", in denen "Flowerpower" und "Make love - not war!" an der Tagesordnung waren. Dazu gehörte auch ab und zu das Rauchen eines "Tütchens".

Während Margot und die Nachbarn sich - als nicht angepasste Mitglieder des Establishments - diesem Zeitgeist voll hingaben, hielt sich Wilhelm eher zurück.

Er stand am Anfang seiner Polizeilaufbahn und da hätte sich der Konsum von Haschisch in seiner Personalakte nicht so gut gemacht.

Im selben Maße, wie sich Margot von Wilhelm, dem Spießer, immer mehr abwendete, wendete sich Wilhelm der Referendarin Miranda Hirlinger zu.

In einer lauen Sommernacht passierte es dann.

Das "Trio Infernale", wie Wilhelm seine Ehefrau und die Nachbarn nannte, hatten wieder einmal heftig Party gefeiert.

"Lasst uns baden gehen!"

Auf diesen Vorschlag von Mojo hin, sprangen die drei, nackt wie Gott sie schuf, in den See. Der viele Alkohol und das eine oder andere "Tütchen" waren wohl schuld daran, dass Margot nicht mehr wieder kam.

Sie wurde erst am übernächsten Tag aus dem See geborgen. Wilhelm war in dieser Nacht nicht am See. Er hatte sie zusammen mit Miranda verbracht.

Als er von dem Unfall erfuhr, war er sofort an den See gefahren. Petra lief auf ihren Vater zu und trommelte wie wild gegen dessen Brust.

"Du bist schuld, dass Mama tot ist!" schrie sie laut, "wieso warst du nicht da?"

Wilhelm versuchte seine Tochter zu beruhigen; aber nur mit mäßigem Erfolg. Petra wiederholte den Vorwurf wieder und wieder.

Wie hätte er dem Kind erklären sollen, warum er so selten am See war, und warum ihre Mutter sich so verantwortungslos verhalten hatte.

"Wo bist du mit deinen Gedanken, Papa?" fragte Petra, die auf Wilhelms Frage geantwortet hatte, ohne dass dieser es wahrnahm.

"Entschuldige, Liebes!" antwortete Wilhelm, "ich musste gerade an früher denken! Das macht das Alter!"

Wilhelm bemühte sich entspannt zu wirken; aber die Erinnerung ließ ihn nicht los.

Nach dem Tod von Margot hatte Wilhelm die kleine Petra in ein Internat geschickt, wo sie bis zu ihrem Abitur geblieben ist. Die Verbindung zu Mojo und Heidi brach er damals sofort ab.

Später begann Petra mit ihrem Studium an der Universität. Zu jener Zeit begann auch die Entfremdung von Vater und Tochter.

Petra, inzwischen zu einer hübschen, jungen Frau heran gereift, sah ihrer Mutter sehr ähnlich. Wenn Wilhelm seine Tochter ansah, kamen all die schmerzlichen Erinnerungen an eine Ehe zurück, die keine war.

Schon lange vor dem tragischen Unfall hatte Wilhelm eine gegenseitige Lebensversicherung abgeschlossen. Das bedingte schon sein gefährlicher Beruf.

Er wollte, dass im Todesfall die Familie abgesichert wäre. Nur dass er dabei ggf. an seinen Tod gedacht hatte und nicht an den von Margot.

Mit der Versicherungssumme, die er nach der Auszahlung angelegt hatte, kaufte er Petra eine kleine Wohnung, damit sie diese während ihres Studiums nützen konnte.

Anfangs schaute Wilhelm noch öfter bei seiner Tochter vorbei; aber mit der Zeit wurden seine Besuche immer weniger.

Das Schicksal geht oft verschlungene Wege. Hatte sich Wilhelm damals von den Nachbarn am See losgesagt, so hielten die Kinder noch weiter Kontakt.

Wilhelm, der davon wusste, unterband es nicht. Er mochte den kleinen Simba, und Kinder können ja nun einmal nichts für die Fehler ihrer Eltern.

Und so geschah es dann auch, dass es an der Uni ein Wiedersehen zwischen Petra und Simba gab. Sie belegten zwar nicht dasselbe Studienfach, verbrachten aber dennoch viel Zeit miteinander.

"Hast du eigentlich noch Kontakt zu Simba?" fragte Wilhelm seine Tochter.

"Wie kommst du denn gerade jetzt darauf?"

Petra schaute ihren Vater erstaunt an. Sein Verhalten verwirrte sie; ja es machte ihr sogar fast ein wenig Angst.

"Wie schon gesagt, das Alter! Erinnerungen eben!"

Wilhelm bemühte sich erneut um Lockerheit. Als er es nicht wirklich zustande brachte, sagte er:

"Schluss mit den alten Sachen! Ich habe Hunger! Und wie ist es mit dir?"

"Gegen eine Kleinigkeit zu essen wäre grundsätzlich nichts einzuwenden!" antwortete Petra. "Und was deine Frage von vorhin betrifft, Simba ist vor einem halbe Jahr gestorben; Überdosis!"

Wilhelm zuckte zusammen. Sein Gesicht wurde aschfahl. "Gestorben?" murmelte er tonlos.

"Ja!" antwortete Petra, "an einer Überdosis! Ist nicht schade um den Mistkerl!"

Petra sah, wie ihr Vater immer blasser wurde.

"Ist dir nicht gut?" fragte sie.

"Ein kleiner Schub!" sagte Wilhelm, "ist gleich wieder vorbei. Das Essen wird mir gut tun!"

"Soll ich nicht lieber zurück rudern?" fragte Petra.

"Wo denkst du hin?" sagte Wilhelm, "das ist Männersache!"

\*\*\*\*

"KOR Becker hat schon mehrmals nach dir gefragt!" sagte Herbert. "Wieso war dein Handy ausgeschaltet?"

"Ich habe doch auch ein Recht auf ein wenig Privatsphäre; oder etwa nicht?" antwortet Buffalo gereizt.

"Ich bin nur der Überbringer der Nachricht!" sagte KK Dörr. "Deswegen musst du mich nicht anpflaumen!"

"Entschuldige bitte, Herbi!" sagte Buffalo, "mir geht es heute nicht so toll!"

"Ist schon gut!" sagte Herbert.

"Dann gehe ich den Herrn einmal besuchen! Mal sehen, was er will!" sagte Buffalo, ging bei der einen Tür hinaus und bei der nächsten hinein.

"Was ist so dringend, mein König, dass Ihr nach mir schicktet?"

Mit diesen Worten trug Buffalo nicht gerade zur Hebung der Stimmung seines Vorgesetzten bei.

"Das Lachen wird Ihnen noch vergehen, Büffel! Ich werde eine Disziplinarverfahren gegen Sie einleiten!"

Diese herablassende Art ihn mit seinem Nachnamen anzureden, und das im gleichen Atemzug angekündigte Disziplinarverfahren, wurmten Buffalo dermaßen, dass ihm der Kragen platzte.

Er ging direkt hin zu seinem Vorgesetzen, beugte sich nach vorn und stützte sich mit beiden Händen auf der Schreibtischplatte auf.

"Du arrogantes, aufgeblasenes Arschloch, ich will dir einmal etwas sagen!"

"Treten Sie sofort ein paar Schritte zurück und duzen Sie mich nicht!"

Die Stimme des angsterfüllten KOR Becker überschlug sich.

"Der kleine Theobald wird doch keine Angst haben?"

KOR Becker wollte zum Telefon greifen, aber Buffalo hinderte ihn daran.

"Du wirst mir jetzt zuhören, du Sackgesicht!" fuhr Buffalo fort, "und danach kannst du um Hilfe rufen!"

KOR Becker nickte und Buffalo zog sich einen Stuhl heran.

"Meine Tage in diesem Präsidium sind gezählt und in ein paar Tagen werde ich verschwunden sein. Ich habe noch genügend Überstunden und Resturlaub, den ich nehmen kann.

In dieser Zeit wirst du meine Mannschaft gut behandeln. Ich meine damit, dass du ihnen mit Respekt und Höflichkeit begegnen wirst. Sollte dir das aus irgendeinem Grund nicht gelingen, so wirst du das bitter bereuen! Das verspreche ich dir!

Ich habe nichts mehr zu verlieren; denke stets daran. Wie du weißt, mache ich keine leeren Drohungen, und ich halte meine Versprechen!

Hast du das alles verstanden, mein lieber, kleiner Theobald?"

KOR Becker nickte. Er mochte KHK Büffel zwar nicht; aber zum Feind machen wollte er sich ihn auf gar keinen Fall.

"Jetzt kannst du die Kavallerie rufen, wenn du möchtest!" sagte Buffalo beim Hinausgehen. "Aber ich denke, das wäre keine so gute Idee!"

KHK Büffel ging noch ein paar Türen weiter und klopfte bei der Frau Staatsanwalt an.

"Hallo, Miranda!" sagte er, nachdem er herein gebeten worden war.

"Bist du krank?" begrüßte ihn Miranda, "kein lockerer Spruch? Du machst mir Angst!"

"Ich war gestern mit Petra am See!" sagte Wilhelm.

"Aha!" sagte Miranda und sah Wilhelm ins Gesicht. "Habt ihr wieder Kontakt?"

"Ja!", sagte Wilhelm, "seit ein paar Wochen!"

"Und geht das gut?"

"Besser, als ich gedacht hatte!"

"Das freut mich, Willi!"

Miranda wunderte sich, dass sie Buffalo so nannte. Das letzte Mal, als sie das tat, waren sie noch verliebt und unzertrennbar.

Erinnerungen kamen herauf.

Wilhelm war bei ihr, als in der Nacht Kollegen der Polizei bei ihrer Wohnung anläuteten. Sie wussten um ihr Verhältnis mit Wilhelm Büffel.

Heidi, die Nachbarin vom See, hatte bei der Polizei angerufen, weil sie Wilhelm nicht erreichen konnte, und die sind dann gleich zur Wohnung von Miranda gefahren.

Der plötzliche Tod von Margot und die heftige Reaktion der kleinen Tochter erweckten in Wilhelm ein tiefes Schuldgefühl.

Er verspürte das dringende Bedürfnis sich zu bestrafen, und so beschloss er ad hoc das Verhältnis mit Miranda zu beenden.

Es bedeutete für ihn die Höchststrafe, denn die Beziehung zu Miranda war weit mehr als ein Verhältnis. Er liebte diese Frau und er wäre damals bereit gewesen für sie Frau und Kind zu verlassen.

"Macht Petra noch ihre Therapie?" fragte Miranda.

"Ich denke schon!" antwortete Wilhelm.

"Das wäre gut!" sagte Miranda. "Und jetzt, da ihr wieder Kontakt habt, könntest du dich ja darum kümmern!"

"Das ist richtig!" antwortete Wilhelm, "das habe ich auch vor!"

Wilhelm schaute Miranda an und ein warmes Gefühl stieg in seiner Brust auf.

"Apropos, hast du heute Abend schon etwas vor?"

Miranda war überrascht.

"Nein!" antwortete sie, "aber warum fragst du?"

"Dann hast du jetzt etwas vor!" sagte Wilhelm. "Sagen wir um acht? Ich hole dich von zuhause ab!"

"Langsam, langsam", lachte Miranda, "so geht das nicht!"

"Wieso nicht?" fragte Wilhelm und sein Gesichtsausdruck glich dem eines kleinen Kindes.

"Weil man eine Dame um etwas bittet und ihr nicht etwas befiehlt"

"Entschuldige Miri!" sagte Wilhelm, "ich bin etwas aus der Übung! Ich möchte dich bitten heute Abend mit mir essen zu gehen!"

Miranda war seltsam berührt. Wilhelm hatte sie "Miri" genannt. Sie erkannte den Mann nicht wieder. Was war nur los mit diesem Poltergeist.

"Das ist schon besser!" sagte sie, "aber ich bin mir nicht sicher, ob das eine so gute Idee ist?"

"Glaube mir bitte, Miri, das ist eine sehr gute Idee! Und ziehe bitte etwas Hübsches an. Wir werden sehr fein speisen gehen!"

****

"Chef, ich glaube, wir haben jetzt den richtigen Täter!"

Mit dieser frohen Botschaft empfing Hermine wenig später KHK Büffel.

"KK Dörr ist gerade im Verhörzimmer mit ihm!"

"Na dann schauen wir einmal!" sagte Buffalo und ging mit Hermine in das Zimmer, in welchen sich die verspiegelte Wand zum Verhörraum hin befand.

Buffalo drehte den Lausprecher auf und lauschte, was KK Dörr aus dem Verdächtigen heraus bekommen würde.

Nach wenigen Minuten stand er auf und ging in den Verhörraum.

"Du bist also der Killer, der dem armen, kleinen Negerlein das Licht ausgeknipst hat!"

"Jawohl, Herr Kommissar!"

"Wo hattest du die Sig Sauer, Kaliber 9mm her? Es war doch eine Sig Sauer?"

"Ja!" antwortete der Verdächtige, "die habe ich vom Schwarzmarkt!"

"Verstehe!" sagte Buffalo, "und mit der hast du zweimal geschossen; oder war es nur einmal?"

"Nein; zweimal, Herr Kommissar!"

Buffalo sah zuerst KK Dörr bedeutungsvoll an und dann den Killer.

"Du kannst gehen!" sagte er zu dem verdutzten Mann, "und schöne Grüße an Bruno!"

Der falsche Killer stand auf und war sichtlich froh, dass er wieder gehen durfte.

"Was war das denn?" fragte KK Dörr seinen Chef.

"Du musst noch sehr viel lernen, Herbi", sagte Buffalo, "vor allem, was die Verhörtaktik betrifft!"

"Aber wieso hast du gewusst, dass das nicht unser Mann ist?" fragte KK Dörr.

"Instinkt, mein lieber, Instinkt! Und den lernt man ganz bestimmt nicht auf der Polizeischule!"

"Verstehe!" sagte KK Dörr, "aber das mit Bruno verstehe ich nicht so richtig!"

"Wir haben doch Freund Bruno gebeten Augen und Ohren für uns aufzuhalten", sagte Buffalo. "Und damit wir ihn nicht länger belästigen, hat er uns ein Bauernopfer geschickt!"

"Ach so!" sagte KK Dörr, dem sich der Sachverhalt nur bedingt erschloss.

"Nur ist dem guten Bruno bei der Wahl seines Bauernopfers ein kleiner Fehler passiert. Er hätte den Mann besser briefen müssen!"

Hermine bewunderte Buffalo. Obwohl es anfänglich nicht so gut lief, hatte sie doch inzwischen genug Gelegenheit sich über die Fähigkeiten dieses Kriminalisten eine hohe Meinung zu bilden.

"Das war brillant, Chef!" rutschte es ihr heraus und sie wurde sogar ein wenig rot dabei.

"Das lernst du schon auch noch, Hermes!" sagte Buffalo, "es braucht nur ein bisschen Zeit!"

Er zwinkerte Hermine zu und verabschiedete sich:

"Liebe Kollegen, ich muss mich leider verabschieden; denn ich habe heute Abend noch ein kleines Rendezvous!"

\*\*\*\*

"Lässt sich das mit deiner Gehaltsgruppe überhaupt vereinbaren?" fragte Miranda, als sie im noblen „Grenuille" Platz genommen hatten

"Wie hast du überhaupt hier einen Tisch bekommen?" fragte Miranda weiter.

"Mit meiner Polizeimarke und der Androhung einer Razzia", spaßte Wilhelm.

"Du bist unmöglich!" sagte Miranda und das Aufblitzen in ihren schönen Augen rief Erinnerungen an schöne Zeiten bei Wilhelm wach.

"Guten Abend, meine Herrschaften! Darf ich Ihnen die Karte geben?" sagte der Ober, der an den Tisch getreten war.

"Dürfen Sie nicht!" antwortete Wilhelm, "sagen sie Maître Pierre in der Küche, dass sich Wilhelm Büffel für sich und seine charmante Begleiterin ein exzellentes Mehrgängemenü wünscht!"

"Sehr wohl, mein Herr!"

"Und bringen Sie uns als Aperitif zwei Gläser Champagner!"

Der Ober verbeugte sich leicht, um seine Zustimmung zu dokumentieren und brachte kurz darauf die gewünschten Getränke.

"Auf den edlen Spender!" sagte Miranda und hob ihr Glas.

"Auf die bezauberndste Frau, die ich kenne und der ich heute Abend ein letztes Mal mein Herz zu Füßen legen möchte!"

"Wie meinst du das, Willi?"

Miranda war verwirrt.

"Lass es zu, Miri! Bitte, lass es einfach zu! Der alten Zeiten willen!"

Miranda zögerte für einen kurzen Augenblick, nahm dann aber doch die Einladung zum Anstoßen an.

Ein Mann kam aus der Küche und ging auf Wilhelm zu.

"Mon cher ami! Welche Freude!"

Wilhelm war aufgestanden und umarmte den Mann. Es war Pierre Meunier, der Küchenzauberer.

"Darf ich dir meinen Freund Pierre vorstellen?" sagte Wilhelm zu Miranda.

"Pierre, das ist Frau Staatsanwältin Dr. Miranda Hirlinger, meine wunderbare Begleiterin!"

"Enchanté, Madame!"

Pierre gab Miranda einen vollendeten Handkuss und sagte:

"Oh là là! da muss ich mir aber große Mühe geben, dass ich nicht ins Gefängnis komme!"

Und einige Zeit später folgte ein unvergessliches 4-Gänge-Menü:

* Gebratene Jakobsmuschel auf Krabbenmouse
  Wildconsommé mit Rehnockerln

* Loup de mer in der Salzkruste mit Ratatouille und schwarzem Reis

* Geschmortes Ochsenbäckchen in Portwein mit Rübchenschaum und Rosenkohl

* Tarte Tatin, Sauerrahmeis und Gewürzquitten

"Das war das Beste, was ich je gegessen habe!" sagte Miranda, "aber jetzt platze ich gleich!"

"Es freut mich, dass es dir geschmeckt hat!" sagte Wilhelm.

"Jetzt braucht es unbedingt einen guten Armagnac zum Verdauen!"

Mit diesen Worten kam Maître Pierre an den Tisch mit einer Flasche "Armagnac 1927 Domaine Jean-Paul".

"Ich hoffe, Sie waren zufrieden, Madame!" sagte Pierre zu Miranda gewandt.

Miranda stand auf und gab dem Sternekoch einen Kuss auf die Wange.

"Genügt Ihnen diese Antwort, Maître?"

"Merveilleux!" sagte Pierre, "das ist die schönste Antwort, die ich je bekommen habe! Merci bien!"

Als Pierre gegangen war, fragte Miranda Wilhelm, woher er den Maître kennen würde.

"Der Maître heißt Peter Müller und ist mit mir ins Gymnasium gegangen", antwortete Wilhelm. "Wir waren einmal sehr gute Freunde!"

"Und seht ihr euch ab und zu?"

"Sehr selten!" antwortete Wilhelm, "du weißt schon; der Beruf!"

"Ich brauche unbedingt ein wenig Bewegung!" sagte Miranda.

"Es gibt hier einen wunderschönen Park!" sagte Wilhelm, "wenn du möchtest, können wir ein paar Schritte gehen!"

"Das wäre fein!"

Als Wilhelm nach der Rechnung verlangte, brachte der Ober ein Silbertablett mit einer Serviette. Darin eingeschlagen lag ein Zettel mit folgender Aufschrift:

"Ihr wart heute Abend meine Gäste und ich hoffe, Ihr kommt bald einmal wieder!"

Unterschieben war die Nachricht mit: "Dein alter Freund Peter!"

Die Nacht war sternenklar und der kleine Spaziergang durch den erleuchteten Park tat den beiden wohl.

Wilhelm hatte Mirandas Hand ergriffen und Miranda ließ es zu. Sie gingen schweigend nebeneinander und ergaben sich dem Zauber der Nacht.

"Es ist schon spät!" sagte Miranda. "Ich würde jetzt gern nach Hause fahren!"

Als sie vor Mirandas Haus angelangt waren, drehte sie sich Wilhelm zu und küsste ihn.

"Es war ein bezaubernder Abend, Willi", sagte Miranda, "ich danke dir so sehr!"

"Es war auch für mich ein wunderbarer Abend, und ich bin sehr froh, dass du meine Einladung angenommen hast!"

Miranda zögerte einen kleinen Augenblick, bevor sie sagte:

"Hättest du noch Lust auf einen Kaffee oder so?"

Wilhelm lächelte. "Kaffe - nein; oder so - sehr gern!"

"Dann komm, du alter Brummbär!" sagte Miranda und gab Wilhelm noch einen schnellen Kuss.

\*\*\*\*

"Was möchtest du heute gerne unternehmen?" fragte Wilhelm, der am späten Vormittag bei Petra aufgekreuzt war, mit einer Tüte frischer Brötchen in der Hand.

"Frühstück war schon vor ein paar Stunden, Papa!" empfing ihn Petra lachend.

"Ich weiß!" sagte Wilhelm, "aber es ging nicht früher!"

"Wie würde seine Tochter wohl reagieren, wenn sie wüsste, dass ihr Papa gerade aus dem Bett von Miranda kam?" fragte sich Wilhelm und lächelte.

"Du bist so gut gelaunt!" sagte Petra, "ist irgendetwas?"

"Nein!" antwortete Wilhelm, "was soll schon sein? Ich freue mich einfach dich zu sehen und mit dir etwas zu unternehmen!"

Petra wurde plötzlich sehr ernst, bevor sie zu reden begann:

"Ich hätte eine ganz besondere Bitte!"

"Was immer es auch ist, heraus damit!" sagte Wilhelm und fügte hinzu: "Deine Bitte ist schon erfüllt!"

"Ich möchte an Mamas Grab!"

Wilhelm erstarrte. Die Bitte seiner Tochter traf ihn wie ein Keulenschlag. Er war nach der Beerdigung von Margot nie wieder auf den Friedhof gegangen.

"Ich habe es mir schon so oft vorgenommen; aber mir fehlte jedes Mal der Mut dazu!" fuhr Petra fort. "Mit dir an meiner Seite würde ich mich trauen!"

Es drohte Wilhelm zu zerreißen. In ihm kämpfte die Unverzeihlichkeit Margot gegenüber mit der Liebe zu seiner Tochter.

"Es wäre dir doch recht, Papa; oder?"

Der flehentliche Blick in Petras Augen half Wilhelm der Bitte seiner Tochter zuzustimmen.

"Natürlich, Liebes!" antwortete er und es schnürte ihm beinahe die Kehle dabei zu.

"Wir müssen aber noch ein paar Blumen besorgen!" sagte Petra mit hoffnungsfroher Stimme, und Wilhelm freute sich in diesem Augenblick, dass er sich überwunden hatte.

"Mama sieht uns jetzt sicher von da oben zu!" sagte Petra und richtete ihren Blick in den blauen Himmel.

"Ich komme gleich wieder!" sagte Petra und lief weg, um Wasser für die Vase zu holen.

Wilhelm stand nun allein vor dem verwitterten und verschmutzten Grabstein. Er wischte mit seinem Taschentuch über die Inschrift.

"Hier ruht in Frieden Margot Büffel, geb. Merz"

"Warum hast du uns damals verlassen, mich und unser Kind?" sagte Wilhelm, "wir waren doch eine glückliche Familie!"

"Was rede ich da für einen Unsinn?" sagte sich Wilhelm, schüttelte sein Taschentuch aus und steckte es wieder ein. "Wir waren keine glückliche Familie!"

"Du hast den Grabstein sauber gemacht!" sagte Petra, als sie mit der Vase zurück kehrte, "das ist lieb von dir!"

Dann steckte sie den Blumenstrauß in die Vase und faltete ihre Hände wie zu einem stillen Gebet.

"Margeriten", sagte Petra, "die mochte sie doch so gern!"

Vor Wilhelms Augen tauchte das Bild Margots auf, wie sie mit Blumen bekränztem Haar vor ihm herum hüpfte. Er glaubte sogar die Margeriten erkennen zu können.

"Wollen wir uns noch ein wenig setzen?" fragte Petra und deutete auf eine Bank, unweit der Grabstätte.

"Natürlich!" antwortete Wilhelm, "wenn du das gern möchtest!"

Vater und Tochter saßen stumm nebeneinander und blickten über die Gräber vor ihnen. Petra deutete hinauf zum Himmel und sagte:

"Da oben beginnt alles und hier unten endet es irgendwann!"

Wilhelm wurde einmal mehr bewusst, wie kindhaft seine erwachsene Tochter noch immer war. Er nahm ihre Hand in seine und drückte sie.

"Hast du noch Kontakt zu dem Ehepaar Obonjo?" fragte Petra aus heiterem Himmel.

"Du meinst „Okonjo", mein Schatz!" sagte Wilhelm.

"Nein!" antwortete Petra, "ich meine „Obonjo", Mojo und Heidi Obonjo, die Eltern von Simba bzw. Abasi!"

Ein schwarzer Schleier senkte sich über Wilhelm. Er hatte „Okonjo" mit „Obonjo" verwechselt. Was für ein schrecklicher Irrtum!

"Hast du gerade wieder einen Schub, Papa?" fragte Petra sorgevoll.

"So könnte man das nennen!" antwortete Wilhelm, "es geht gleich wieder vorbei!"

Nachdem die Büchse der Pandora schon einmal geöffnet war, sah Wilhelm keinen Grund mehr sich nicht nach dem echten Abasi zu erkundigen.

"Wie war das damals mit Simba, ich meine Abasi?"

War es der besondere Platz, an dem das Gespräch stattfand oder die Verschmelzung von Vater und Tochter, welche sich in diesem Augenblick zu vollziehen schien, es wird wohl ewig unergründlich bleiben.

Petra begann zu erzählen. Sie öffnete ihre Seele und ließ alle Ängste, allen Zorn und alle Fragen frei, die so lange darin gefangen waren.

"Als ich Simba nach langer Zeit an der Uni traf, haben wir uns sofort ineinander verliebt", begann Petra.

"Wir waren jung und wir wollten die Welt verbessern. Wir saßen nächtelang zusammen mit anderen Studenten, rauchten Gras und diskutierten über Gott und die Welt.

Irgendwann begann sich Simba zu verändern. Er hatte öfter Wutausbrüche und kam manchmal mehrere Nächte nicht nach Hause.

Er brachte auch immer öfter Freunde mit, die mir nicht gefielen. Zu dem Gras gesellten sich mit der Zeit härtere Drogen. Anfangs wehrte ich mich noch dagegen, aber irgendwann wurde ich schwach.

Als ich schwanger wurde...

"Du warst schwanger?" sagte Wilhelm voller Entsetzten.

"Ja!" sagte Petra, "aber lass mich bitte weiter erzählen!" Und sie fuhr fort:

"Als ich schwanger wurde, hat mich Simba sitzen lassen. Zum Glück habe ich das Kind verloren!"

Wilhelm biss sich auf die Lippen, dass sie zu bluten begann.

"Irgendwann bin ich aufgewacht, auf dem Fußboden des Badezimmers sitzend, und wusste nicht mehr, wer ich war. Dann habe ich die Reißleine gezogen.

Das war, als ich dich angerufen habe und du mich in die Entzugsklinik gebracht hast. Kannst du dich noch daran erinnern?"

"Ja, mein Kind!" antwortete Wilhelm und die Tränen rannen ihm über das Gesicht.

Petra hatte aufgehört zu reden und sah ihren Vater nur an. Nach einer Weile sagte sie:

"Warum hast du mich damals allein gelassen, Papa?"

Wilhelm wollte antworten; aber ein heftiger Weinkrampf hinderte ihn daran. Petra nahm ihren Vater in den Arm und tröstete ihn.

"Weine nicht, Papa!" sagte sie, "es ist vorbei! Jetzt wird alles gut!"

Wilhelm hatte sich ein wenig beruhigt, als er sagte:

"Ich war damals zu schwach! Kannst du mir verzeihen?"

\*\*\*\*

"Guten Morgen, Chef!"

"Guten Morgen, Hermes! Wo sind denn die anderen?"

"Die verfolgen eine neue Spur!" antwortete Hermine.

"Das ist sinnlos..." murmelte Buffalo.

"Was sagten Sie?" fragte Hermine, die ihren Chef nicht verstanden hatte.

"Nichts, Hermes!" antwortete Buffalo, "nichts Bedeutungsvolles!"

KHK Büffel ging zu seinem Schreibtisch. Er hatte einen Karton dabei, in welchen er jetzt Dinge einpackte, die auf dem Schreibtisch standen bzw. in den Schubladen lagen.

"Was machen Sie denn da?" fragte Hermine ihren Chef ganz überrascht.

"Ich ziehe einen Schlussstrich unter mein Polizistendasein!"

"Was meinen Sie damit?" fragte Hermine.

"Ganz einfach!" antwortete Buffalo. "Ich höre mit dem heutigen Tag auf irgendwelchen bösen Buben und Mädchen hinterher zu rennen!"

"Sie gehen also in Pension?"

"So könnte man das nennen!"

Und bevor Hermine, die durch die Antworten ihres Chefs total verwirrt war, noch weitere Fragen stellen konnte, sagte dieser:

"Ich erwarte dich und die anderen heute Abend, pünktlich um 20:00 Uhr im „Henri" und bringt auch Dr. Frankenstein mit! Das ist keine Bitte, das ist eine letzte Dienstanweisung!"

Hermine schaute ihren Chef mit großen Augen an. Sie hätte zu gern gewusst, was da gerade vor sich ging, getraute sich aber nicht Buffalo weiter zu insistieren.

Stattdessen sagte sie nur: "Geht in Ordnung, Chef!"

\*\*\*\*

"Das ist ein Hinterlegungsschein vom Notar!" sagte Wilhelm und übergab Petra das Dokument.

"Und was soll ich damit?" fragte Petra ihren Vater.

"Gut aufheben, mein Schatz!" antwortete Wilhelm, "den brauchst du, wenn ich gestorben bin!"

"Hör auf!" sagte Petra barsch und wollte das Papier ihrem Vater zurück geben. "Das will ich nicht!"

"Sei nicht kindisch, Petra!" sagte Wilhelm, "du weißt, wie es um mich steht. Ich möchte, dass die Dinge geregelt sind, bevor ich gehe!"

Petra fiel Wilhelm um den Hals und begann zu weinen.

"Ich will nicht, dass du stirbst!" schluchzte sie, "ich brauche dich doch!"

"Du bist mein großes, starkes Mädchen!" sagte Wilhelm. "Und hör auf zu weinen; noch bin ich ja nicht tot!"

Wilhelm öffnete seinen Geldbeutel und nahm eine Kreditkarte heraus.

"Weißt du, was das ist?" fragte er mit einem breiten Grinsen im Gesicht.

"Eine Kreditkarte; nehme ich an!"

"Richtig!" sagte Wilhelm, "und mit der gehen wir jetzt auf Shopping-Tour!"

"Du bist verrückt!" lachte Petra, "ich liebe dich!"

"Das wollte ich hören!" sagte Wilhelm. "Und jetzt zieh dich an! Wir müssen los, bevor die Geschäfte schließen!"

"Aber es ist doch noch sehr früh!" entgegnete Petra.

"Manchmal ist es schon später als man denkt!" sagte Wilhelm. Die ernste Miene, welche er dabei machte, entging Petra. Und das war gut so!

\*\*\*\*

"Alles, was heute Abend gegessen und getrunken wird, geht auf meinen Deckel!" sagte Wilhelm zu Henriette, "und du bist auch eingeladen!"

"Hast du im Lotto gewonnen?" fragte Henriette.

"Man sagt, dass manche Menschen ihren trüben Charakter auf Hochglanz polieren, bevor sie sterben", sagte Dr. Kleiber, "aber dazu müsste man erst einmal einen haben!"

Es folgte lautes Gelächter in der Runde, die schon kräftig dem Alkohol zugesprochen hatte.

"Und du willst wirklich aufhören, Detektive Buffalo?"

Franz Kleiber war wohl der Einzige, der Wilhelm Büffel so nennen durfte.

Und noch bevor Buffalo darauf antworten konnte, fragte KK Dörr:

"Und wer soll unsere Abteilung leiten, wenn nicht du?"

"Da mache ich mir überhaupt keine Sorgen, Herbi!" antwortete Buffalo.

"Du wirst Hauptkommissar und übernimmst den Laden.

Hermes besteht ihre Prüfung zur Kommissarin und wird deine rechte Hand,

und Meister Brenner schlägt die Kommissarslaufbahn ein.

Dann bleibt nur noch ein Problem!"

"Welches?" fragte KK Dörr.

"Ihr braucht einen neuen Leichenfledderer!" antwortete Buffalo. "Mein lieber Freund, Dr. Frankenstein ist ein Auslaufmodell und muss ersetzt werden!"

Es folgte erneutes Gelächter. Henriette hatte sich inzwischen mit an den Tisch gesetzt, um den Abschied von Buffalo mit zu feiern.

"Wisst ihr noch, wie alles begonnen hat?" sagte sie. "Du und Dr. Kleiber wart eine meiner ersten Gäste.

Ohne euch und ohne die Werbetrommel, die ihr für mich gerührt habt, gäbe es das „Henri" heute vielleicht gar nicht mehr!"

"Du übertreibst!" sagte Buffalo, "es war dein gutes Essen und die moderaten Preise!"

"Und der Charme der Frau Wirtin!" ergänzte Dr. Kleiber.

Die anderen Gäste waren schon gegangen. Nur die kleine Schar um KHK Büffel saß noch im Lokal.0

Die Außenbeleuchtung des „Henri" war schon abgedun-kelt, und durch die Vorhänge des Lokals drangen spärliches Licht und gedämpftes Lachen nach draußen.

"Hast du Lust mich zu begleiten?" fragte Dr. Franz Kleiber Hermine, "ich fahre zu Buffalo!"

"Sehr gern!" antwortete Hermine. "Ich bin froh, wenn ich ein wenig vor die Türe komme, mir brummt noch der Kopf von gestern!"

"War ganz schön heftig!" sagte Dr. Kleiber, "ich freue mich, dass du mit kommst!"

"Was machst du bei Buffalo?"

"Ich weiß es nicht", antwortete Dr. Kleiber, "Buffalo hat mich gestern Abend noch darum gebeten, ich möge am Vormittag bei ihm vorbei schauen!"

"Sag Franz!" fragte Hermine weiter, "findest du nicht auch, dass die Veranstaltung gestern Abend ein wenig eigenartig war?"

"Ja!" antwortete Franz, "und deshalb habe ich dich auch gebeten mich zu begleiten!"

"Hast du irgendeine Vermutung?" sagte Hermine und ein komisches Gefühl stieg in ihr auf.

"Nicht wirklich!" antwortete Franz, "aber lass uns nicht verrückt machen; wir sind ja gleich da!"

Franz läutete an der Türglocke, aber es rührte sich niemand.

"Die Tür ist offen!" sagte Hermine, "sie ist nur angelehnt." Sie zog ihre Waffe und wollte ins Haus hinein gehen.

"Steck die Waffe wieder ein, Hermine!" sagte Franz, "das wird nicht nötig sein!"

\*\*\*\*

Wilhelm Büffel saß in seinem hohen Fernsehsessel. Sein Gesicht sah friedlich aus, wenn man einmal von dem kleinen Loch in der Stirnmitte absieht.

"Er hat sich die Waffe direkt vor die Stirn gehalten!" sagte Franz.

"Aber wieso?" fragte Hermine, die am ganzen Körper zitterte. Sie hätte schreien mögen, als sie sah, was geschehen war; aber sie konnte nicht. Sie konnte noch nicht einmal weinen.

"Weil er wusste, dass das Blut wild herum spritzen würde, wenn er sich in den Mund oder in die Schläfe geschossen hätte. So ist das Blut nach hinten ausgetreten und hat den Sessel damit getränkt!"

Franz sah den Toten lange an. In diesem Augenblick empfand er fast so etwas wie Bewunderung, und vielleicht sogar ein wenig Freundschaft für diesen Mann.

"Suizid eines Ästheten...", murmelte er tonlos.

"Komm bitte hierher!" sagte Hermine, "ich habe etwas gefunden!"

\*\*\*\*

Miranda öffnete das Päckchen, welches ihr Dr. Kleiber gebracht hatte. Er und Hermine hatten es auf Buffalos Schreibtisch gefunden. Es war an die Frau Staatsanwältin adressieret.

Als Miranda das Päckchen geöffnet hatte, entnahm sie ihm eine Pistole. Es war eine „Brünner Tezet, 6,35mm Browning", die Mordwaffe.

Außer der Waffe befanden sich noch ein gefaltetes Blatt Papier in dem Päckchen und ein verschlossenes Briefkuvert, auf welchem "Für Frau Dr. Miranda Hirlinger persönlich" stand.

Miranda nahm erst das Blatt Papier, faltete es auseinander, und ihr Blick fiel sofort auf das Wort "Geständnis".

*Geständnis*

*Ich, Wilhelm Büffel, geb. am 20.12.1944, gestehe hiermit den Mord an Abasi Okonjo. Die Tat geschah aus niederen Beweggründen und ich übernehme die volle Verantwortung dafür.*

*Ich bereue meine Tat und ich bitte die Eltern des Ermordeten um Verzeihung.*

*Ich entschuldige mich auch bei all meinen Kollegen, dass ich Schande über unseren Berufsstand gebracht habe.*

*Der gerechten irdischen Strafe entziehe ich mich durch Selbsttötung.*

*Beide Delikte habe ich ohne fremde Beteiligung begangen.*

*gez.: Wilhelm Büffel*


Miranda wurde schwindlig, als sie das gelesen hatte. Mit zittrigen Händen öffnete sie das verschlossene Kuvert.

*Liebste Miri!*

*Wäre meine Liebe zu dir einige Wochen früher wieder erwacht, hätte ich meinem Hass vielleicht Einhalt bieten können.*

*Es war Abasi Obonjo, der meine Petra ins Verderben gestürzt hat. Sie hat sich von ihm aus Liebe zu einem Junkie machen lassen, und wohin das geführt hat, weißt du ja.*

*Mein Hass auf ihn hat mich blind gemacht und mich dazu verführt ein Unrecht zu begehen. Ich habe mich lange dagegen gewehrt; aber ich war zu schwach.*

*Als ich sah, wie Petra immer tiefer abrutschte, und dass sie jede Therapie abbrach, musste ich handeln.*

*Ich habe mir die Waffe von Frau Weinmann besorgt und das Schwein damit erschossen. Zumindest glaubte ich das.*

*Mein Schock war entsprechend groß, als ich bemerkte, dass ich einen Unschuldigen getötet hatte. Ein einziger, kleiner Buchstabe wurde mir zum Verhängnis.*

*Der Teufel, der meine Tochter auf dem Gewissen hat, hieß Abasi Obonjo und nicht Abasi Okonjo. Abasi Obonjo ist schon vor einiger Zeit an einer Überdosis gestorben.*

*Als ich meinen schrecklichen Fehler erkannt hatte, musste ich handeln. Es würde Petra endgültig zerstören, wenn sie um meine Mordtat wüsste. Darum habe ich die Geschichte mit dem Tumor erfunden.*

*Ich weiß, dass ich dich jetzt in einen großen Interessenskonflikt stürzen werde, wenn ich dich bitte, Petra in dem Glauben zu lassen, dass ich unter einem un-*

*heilbaren Tumor leide und mich deshalb erschossen habe.*

*Liebste Miri, ich weiß nicht, wie du dich entscheiden wirst; doch ich akzeptiere deine Entscheidung auf jeden Fall. Betrachte es als Bitte; aber empfinde es keinesfalls als ein Bedrängen meinerseits!*

*Lass mich dir noch sagen, dass ich den Abend und die Nacht mit dir genossen habe, und dass ich ein letztes Mal unendlich glücklich war.*

*Und noch etwas: Wenn es nicht zu viel verlangt ist, nein, wenn meine Bitte nicht zu schwer wiegt, habe ein Auge auf meine kleine Petra und hilf ihr auf ihrem weiteren Weg zurück in ein normales Leben!*

*Ich umarme dich, ich küsse dich und ich liebe dich. Ich habe wohl nie damit aufgehört!*

*Willi*

\*\*\*\*

Ein tragischer Unfall ereignete sich am Abend des 18. September im Wohnhaus von KHK Büffel. Beim Waffenreinigen löste sich aus Versehen ein Schuss aus seiner Dienstwaffe und verletzte den erfolgreichen und bei den Kollegen allseits beliebten Wilhelm Büffel tödlich.

So stand es wenige Tage später zu lesen.

Die Akte "Abasi Okonjo" wurde geschlossen und erweiterte die Statistik der ungeklärten Mordfälle um einen weiteren Fall.

Wie die Pistole in Buffalos Besitz geraten war, blieb ebenso ein Geheimnis, wie der ominöse Fund des Kokains im Zimmer des Mordopfers, genauer gesagt im Spülkasten des WCs.

Nur einer wusste es: KK Dörr.

Er hatte das Päckchen dort platziert, weil ihn Buffalo darum gebeten hatte. Er war seinem Chef noch einen Gefallen schuldig.

Auf der Heimfahrt von einer Weihnachtsfeier mit Wilhelm Büffel hatte Herbert Dörr einen betrunkenen Radfahrer angefahren. Die Verletzung war nicht schwerwiegend und der Mann konnte schon bald das Krankenhaus wieder verlassen.

Wilhelm Büffel deckte damals seinen Kollegen, zumal beide selbst auch alkoholisiert waren, und das die Karriere des Kollegen Dörr abrupt beendet hätte.

Buffalo hatte aus der Hilfe für seinen Kollegen, die im Grunde genommen ein Dienstvergehen war, nie Kapital geschlagen, bis auf dieses eine Mal. Und Herbert hatte gemacht, worum ihn Buffalo gebeten hatte, ohne auch nur zu fragen, warum.

Was die Waffe betrifft, so hatte Buffalo Kenntnis davon erhalten, als er noch beim Einbruchsdezernat seinen Dienst verrichtete.

Er war mit Kollegen zur Villa des Herrn Weinmann gerufen worden, der damals noch kein Staatssekretär war, um einen gemeldeten Einbruch zu untersuchen.

In diesem Zusammenhang bat Herr Weinmann Buffalos damaligen Vorgesetzten um eine Empfehlung für eine Waffe, welcher der Hausherr für seine Gattin beschaffen wollte, da diese öfter allein zuhause wäre.

Die Empfehlung durch Buffalos Chef fiel auf eine kleine Schusswaffe, nämlich auf die besagte „Brünner Tezet, 6,35mm Browning".

\*\*\*\*

Der Sarg wurde in der Kirche aufgebahrt. Er war überhäuft mit Kränzen und Gebinden. Links davon war ein Bild des Verstorbenen mit einer schwarzen Schleife aufgestellt.

In der ersten Reihe der Trauergäste saßen Petra Büffel, Wilhelm Büffels Kollegen, KOR Becker und der stellvertretende Polizeipräsident. Staatsanwältin Miranda Hirlinger hatte neben Petra Platz genommen.

"Wir betrauern heute einen Mann, der mehr als nur ein guter Kollege war; er war auch ein Freund. KHK Büffel wurde durch einen tragischen Unfall mitten aus dem Leben gerissen."

Mit diesen Worten begann der stellvertretende Polizeipräsident seine Rede.

"KHK Wilhelm Büffel war einer unserer fähigsten Mitarbeiter. Seine Aufklärungsquote lag weit über dem Durchschnitt. Durch seine Arbeit wurde unser Land ein wenig sicherer.

Ich habe die vornehme Aufgabe - im Namen des Herrn Innenministers - KHK Wilhelm Büffel posthum die Verdienstmedaille der Bundesrepublik Deutschland zu überreichen.

Ich bitte die Tochter, Frau Petra Büffel, zu mir herauf zu kommen, um die Auszeichnung stellvertretend in Empfang zu nehmen!"

Petra saß wie versteinert auf ihrem Stuhl, unfähig aufzustehen. Sie sah hilflos zu Miranda und Miranda rettete die Situation, indem sie dem stellvertretenden Polizeipräsidenten mit den Augen ein Zeichen gab, er möge sich zu Petra herunter begeben.

Der stellvertretende Polizeipräsident ging zu Petra und überreichte ihr die Auszeichnung mit den Worten:

"Sie können stolz auf Ihren Vater sein!"

Und weil der stellvertretende Herr Polizeipräsident völlig aus dem Konzept gebracht worden war, vergaß er nicht nur auf die Beileidsbezeugung sondern verzichtete auch auf die Fortführung seiner Rede.

Als nächstes ging KOR Becker zum Mikrofon.

"Liebe Petra, verehrte Kollegenschaft, werte Trauergemeinde!

Wilhelm Büffel und ich kannten uns schon sehr lange. Wir besuchten gemeinsam die Polizeischule und das Schicksal wollte es, dass wir in der gleichen Dienstelle eingesetzt wurden."

Es folgte eine lange Aufzählung vom Werdegang des KHK Wilhelm Büffel und von seinen Heldentaten als erfolgreicher Ermittler. Als KOR Becker am Ende seiner Rede sagte: "Ich verliere einen guten Freund!" konnte KK Herbert Dörr nicht umhin zu sagen:

"Ich glaube, ich muss gleich kotzen!"


****


Auf dem Weg zum Grab, hielt sich Petra bei Miranda fest. Sie gingen gleich hinter dem Sarg, der von vier uniformierten Polizeibeamten flankiert wurde.

Der Geistliche hielt noch eine kurze Ansprache am Grab und dann senkte sich der Sarg hinab.

Es zerriss Petra beinahe und ihre Finger gruben sich fest in Mirandas Arm. Ein heftiger Weinkrampf erfasste sie und Miranda weinte mit ihr.

Dann folgten die Beileidsbekundungen durch die geladenen Trauergäste und danach der obligatorische Leichenschmaus.

"Vielen Dank für deine Unterstützung!" sagte Petra zu Miranda. Miranda schaute Petra erstaunt an und wunderte sich über das "DU".

Petra schien es bemerkt zu haben.

"Ist das nicht in Ordnung, dass ich „DU" sage?"

"Doch, doch!" antwortete Miranda sogleich, "ich bin nur ein wenig überrascht!"

"Ich kann aber auch „Tante Miranda" sagen, wie ich das als Kind gemacht habe!" sagte Petra mit einem feinen Lächeln.

"Mach das ja nicht!" sagte Miranda und lächelte ebenfalls. "Ich freue mich, dass du dich noch daran erinnern kannst!"

"Ich habe es nicht vergessen!"

Miranda erinnerte sich daran, dass sie ein paar wenige Male am See gewesen war, und dass sie zu der kleinen Petra gleich einen Draht gefunden hatte; im Gegensatz zu Petras Mutter.

Ihr war schon damals aufgefallen, wie sehr Margot ihren Nachbar anhimmelte, und wie sehr dessen Ehefrau damit einverstanden war. Vermutlich pflegten sie eine Dreiecksbeziehung.

Aber dass sich Petra nach so vielen Jahren zu Miranda hingezogen fühlte, erstaunte und berührte die Staatsanwältin. Sie dachte einen kleinen Augenblick an ihren Willi und dass der sich sehr darüber freuen würde.

"Ich würde in nächster Zeit gern etwas mit dir unternehmen", sagte Miranda, "natürlich nur, wenn es dir recht ist!"

"Sehr sogar!" antwortete Petra.

"Wie wäre es, wenn wir ein paar Tage weg fahren würden?"

"Das wäre wunderbar, Miranda! Vielen Dank!"

"Ich würde mich sehr freuen, wenn du mich „Miri" nennen könntest!"

"Mit dem größten Vergnügen, liebe Miri!"

"Ich würde gern ein wenig Luft schöpfen!" sagte Franz Kleiber zu Hermine. "Möchtest du mich begleiten?"

"Natürlich, Herr Doktor!" antwortete Hermine.

"Es ist ein ewiges Mysterium, dass Menschen bei einem Leichenschmaus so vergnügt sind!" sagte Franz.

"Gerade sind sie noch am Abgrund ihrer Gefühle gewandelt, und jetzt würden sie am liebsten das Tanzbein schwingen."

"Ich finde es toll, dass die Natur das so eingerichtet hat", sagte Hermine, "du nicht auch?"

"Schon", sagte Franz, "aber ein wenig schräg ist es schon!"

Als sie einige Meter von den Trauergästen entfernt waren, blieb Franz stehen und sah Hermine in die Augen. Dann sagte er:

"Du hast mir doch vor einiger Zeit gesagt, dass du mich gern hast."

"Ja!" sagte Hermine, "und das habe ich auch so gemeint!"

"Wie hast du das denn gemeint mit dem gernhaben?" fragte Franz weiter. "Wie man einen kleinen Hund gern hat?"

"Jetzt fragst du aber wie ein kleines, dummes Kind!" lachte Hermine, "du weißt ganz genau, wie ich das gemeint habe und immer noch meine!"

Und als Bekräftigung gab sie Franz einen Kuss auf den Mund.

"Weißt du jetzt endlich, wie und wie sehr ich dich gern hab, mein Toutou?"

"Ich denke schon!" gab der völlig überrumpelte Herr Doktor zur Antwort, "aber was bedeutet bitte Toutou?"

"Das ist französisch und bedeutet Wauwau!"

Franz lachte. Dann nahm er Hermines Hände in seine Hände und sagte:

"Ich bin ein Oldtimer mit einem verbeulten und leicht angerosteten Chassis. Mein Motor ist aber noch gut in Schuss. Magst du Oldtimer und würdest du gern einen besitzen?"

"Sehr gern sogar!" antwortete Hermine, "wenn ich auch damit fahren kann und ab und zu daran herum schrauben darf!"

"Aber nur, wenn du langsam fährst, damit nichts kaputt geht!" lachte Franz.

"Ganz bestimmt!" sagte Hermine, "ich werde ihn hegen und pflegen, damit ich ihn recht lange habe..."